バディ —陥落—

Rena Shuhdoh
愁堂れな

CHARADE BUNKO

Illustration

明神翼

CONTENTS

本作品の内容はすべてフィクションです。
実在の人物、団体、事件などにはいっさい関係ありません。

バディ―陥落―

1

「悠《ゆう》真《ま》、おかえりー！」

「待ちわびたぜっ」

乾杯の音頭のあと、皆がそれぞれに唐沢《からさわ》悠真のグラスに自分のグラスをぶつける。

「ありがとうございます……っ……ありがとうございます……っ」

一人一人にグラスをぶつけ返す悠真の横では、彼の恋人である百《ゆ》合香《りかおる》が、愛《いと》しくてたまらないという表情を隠そうともせずに彼を見つめていた。

ここは築地《つきじ》にある、知る人ぞ知るというイタリアンレストランであり、狭い店内にいる客は六名のみだった。

別に閑古鳥《かんこどり》が鳴いているわけではなく、店主が気を利かせて貸し切りにしたためである。

貸し切りにした理由は、その六名が警視庁警備部警護課に勤務するＳＰであるためだった。

仕事内容はすべて極秘といってもいい。そんな彼らの雑談もまた極秘事項であると知り、あえて貸し切りにしたこの店の主、水嶋《みずしま》もまたかつてSPの職に就いており、彼の現役時代を知るSPすべての尊敬を集めていた。

今日『おかえり』と言われている唐沢悠真は、ついこの間まで己の能力を磨くべく、米国に留学していたのだった。

彼の『能力』というのは、未来を予知できるというもので、常にできるわけではなく、しかもできたとしてもほんの十数秒後に起こることのみであるため、SPの任務には役立てることが望み薄であったものを、訓練により仕事に生かせるようにということで、一年間の留学が決まったのである。

悠真は警護課の中でもナンバーワンの評価が高い藤堂《とうどう》チームに配属されていた。チームリーダーの藤堂は、日本国民であれば知らない人間はいないといわれる政界の大物を祖父に持ち、大企業を連ねるグループの総帥を父に持つ、ある意味『選ばれた』人間ではあったが、藤堂チームがナンバーワンといわれるのは、藤堂のバックグラウンドによるものではなくこれまで彼が積み上げた実績によるものだった。

藤堂チームは藤堂が選抜した六名編成の超選抜といわれるチームである。

藤堂とは乳兄弟《ちきょうだい》にあたる、公私共に彼を支える篠《しの》諒介《りょうすけ》、前述の唐沢悠真、藤堂とは警察学校の同期にあたり、そして悠真の恋人でもある百合、それにやはり恋人同士である、人間国宝の歌舞伎役者を父に持つ姫宮《ひめみや》良太郎《りょうたろう》とランボーこと星野《ほしの》一人《かずと》、その六名が藤堂チームのメンバーだった。

藤堂チームは基本的にバディ制を——二人一組で任務にあたるという制度をとっているのだが、今やその『バディ』を組んでいる相手が恋人同士となっているという、希有《けう》としかいいようのない状況に陥っていた。

だがそれは仕事の上でマイナスに働くことはなく、逆にプラスに働いている。

一応、表面上はカップル同士、気づいていないふりを貫いているゆえ、こうした席でものろけを言うことはない。だが今夜、悠真の帰国、かつ彼の藤堂チームへの復帰を切望していた百合は、二人の関係を隠すのを放棄していた。

「長かったよ、悠真」

熱い眼差《まなざ》しを恋人へと向ける彼を、姫宮や星野が、ヒューヒューと囃《はや》し立てる。

「かおるちゃん、その続きは二人になってからにしてっ」

「目の毒っすよ」

姫宮と星野が二人をからかうのに百合が苦笑し、悠真が赤面する。

「一年ぶりの逢瀬《おうせ》ですから、お気持ちも高まるというものでしょう」

常に丁寧語で皆と接する、アンドレこと篠がフォローを入れ、

「そうなんだよ」

彼の同期である百合がそのフォローに乗る。

「さすが篠、わかってるぜ」

「あたしたちだってわかっちゃいるわよ。かおるちゃんも仕事忙しくてアメリカに行ってる暇、なかったもんね」

篠は常に丁寧語だったが、姫宮は大抵このような女言葉――というより『オカマ言葉』といったほうが相応《ふさわ》しいが――を使うのが特徴だった。とはいえ彼はゲイではないと公言していたのだが、彼が恋人に選んだのはバディの星野だった。

その星野もまた「そうですよね」と百合に同情的な目を向けた。

「この一年、百合さん、ほんっとーに多忙でしたもんね。アメリカ、行きたかったでしょうに」

「……すみません、忙しかったのは僕のせいですよね」

ここで悠真が言葉どおり、否、言葉以上に申し訳なさそうな顔になり、皆に対し頭を下げる。

「え？　何が？」

「どうしたのよ、悠真」

「唐沢さん」

星野と姫宮、そして篠がそれぞれに声をかける中、悠真は尚も深く頭を下げながら謝罪の理由を口にした。

「僕が抜けた分、チームの皆さんの負担が増えた。それで忙しかったんですよね。バディの百合さんだけでなく皆さんにもご迷惑をおかけしました。本当に申し訳ありませんでした！」

悠真の謝罪を受け、一瞬沈黙が訪れる。その沈黙を破ったのは姫宮だった。

「何言ってるのよ、あたしたちはチームじゃないの。いない人間をカバーするのなんて、当然よう」

気にするな——そう悠真に告げる役は、本来なら百合が担いたかったに違いないが、恋人である分、他《ほか》のチームメイトに彼もまた謝罪したかったのだろうと姫宮は察し、自分がその役を買って出た。このことからもわかるように姫宮は実に人の心の機微を見抜くのが得意な男だった。

しかし、この手のフォローは自分が入れずとも、真っ先に『彼』がしそうなものだが、とちらとその人物を——チーム長である藤堂を見やる。

同じことを篠も思ったらしく、彼もまた藤堂へと視線を向けていたのだが、二人の視線を受け、藤堂はようやくはっとした様子になるといまだ頭を下げたままだった悠真に声をかけた。

「お前を留学に出す判断を下したのも私だし、増員しないと決めたのも私だ。だがそれは同時にチーム全員の意思でもあった。悠真、お前が詫《わ》びる必要など一つもない」

「……ボス……」

悠真が顔を上げて藤堂を見る。感極まった表情をした彼の瞳《ひとみ》は涙に潤んでいた。

「そうよ。それに任務に穴あけたの、悠真だけじゃないのよ。ランボーだって入院してたんだから」

チーム内では賑《にぎ》やかし担当でもある姫宮が更にフォローを重ね、わざとらしく星野を睨《にら》んだ。

「そうだった。俺も詫びなきゃならないな」

恋人同士になる以前から、ツーと言えばカーの間柄だった星野がきっちりと姫宮の投げたボールを受け止め、てへへ、と頭を搔《か》いてみせた。

「四人になったときはさすがにキツかったよな」

百合もまた話題に乗り、星野を苛《いじ》めにかかる。

「あ、百合さん、言いますか、ソレ」

「言う言う。だいたいお前な、復帰に二ヶ月かかるってところを一ヶ月で出てきて傷悪化させて、更に復帰が延びたじゃないか」

「そ、それは言わない約束ですよー、なあ、姫」

「あーあれはメーワクだったわよねえ。だーから無理すんなって言ったのにさあ」

「それ言う？　姫だってあのとき、俺の復帰、応援してくれたじゃん」

「応援なんてしてないわよ。大丈夫？　って散々聞いたじゃないの」

わいわいと騒ぐ三人に気づかれぬよう、悠真が密《ひそ》かに涙に濡《ぬ》れる頰《ほお》を拭《ぬぐ》う。そんなことはその場にいた皆はお見通しではあったが、ここはあえて気づかぬふりを貫き雑談を——星野苛めを続けた。

「普通、自分の体調くらい管理できるよなあ」

「そうよう。でもランボーは頭はからきしだからね」

「ひっで。それ、ひっで」

悲愴な顔をする星野を百合と姫宮が尚も弄《いじ》り、笑い合う。そんな中、篠がこっそりと藤堂に囁《ささや》いた。

「祐一郎《ゆういちろう》様、いかがされました？」

「……なんでもない。案ずるな」

藤堂もまた、こそりと答え、首を横に振ると立ち上がり厨房《ちゅうぼう》へと向かい声をかけた。

「水嶋さん、ワインが足りないようだ。追加で頼めますか」

「了解だ。料理は足りてるか？　ピザがもうすぐ焼けるぞ」

「わーお！　待ってました！」

「水嶋さんとこのピザ、旨《うま》すぎよう！」

星野と姫宮、その他の皆も、わあ、とテンション高く騒ぐ。そんな中、篠だけが心配そうに藤堂の様子を窺《うかが》っていたが、その彼も藤堂に微《かす》かに首を横に振られるとあえて視線を外し、わいわい騒ぐ他のチーム員の話題へと戻っていった。

「ところで、悠真の能力、どのくらい開発されたの？」

姫宮の問いに悠真が、少し困った顔になりつつも真面目《まじめ》に答える。

「少しはコントロールが利くようになりました……が、相変わらず『見える』のはよくて一分前くらいです……もう少し先を見通せるようになるのが目標だったんですけれど、なかなか思うような成果は上げられなくて……」

「コントロールできるようになったっていうのはどういうことなんだ？　見たい未来を見られるようになったって感じか？」

横から百合が悠真の顔を覗《のぞ》き込み尋ねかける。彼の自信に繋《つな》げようという意図を持っての問いかけは果たして、その役割を見事に果たした。

「はい。今までは唐突に、少し先の画像が浮かぶだけだったんですが、この先が見たいと思った場合のみ、訓練で見られるようになりました」

「凄《すご》いじゃない。じゃあさ、今から一分後も見られるの？」

姫宮の言葉に悠真は「どうでしょう」と首を傾《かし》げた。

「緊張感を高めていないと、見えるときと見えないときがあるんです。今はお酒も入っているし、何より皆さんと一緒なので、見える確率は半々くらいかなと」

「凄いな！　緊張感を高めているときなら見えるって、任務中はほぼ見えるってことだろ？」

星野が興奮した声を上げ、席から立ち上がると悠真の背後へと駆け寄り、ばしっとその背を叩《たた》いた。

「いて」

「やっぱりお前、凄いよ！　訓練、行ってよかったな！」

「でもほんの一分先ですよ」

悠真の返しは、決して謙遜《けんそん》から出たものではなかった。もどかしげな顔をした彼の心中はまさに『もどかしい』の一言なのだろうと察せられるだけに、皆一様にどう言葉をかけたらいいのかと一瞬黙り込む。

「素晴らしいと思います。たとえ一分先であっても、未来が見通せる能力など、この場にいる誰《だれ》もが持っていません。そして皆が持ちたいと思っている能力です。少なくとも私は持ちたい」

と、ここで篠が口を開き、にっこりと笑うと悠真に頷《うなず》いてみせた。

「そうよね、あたしも持てるものなら持ちたいわ」

姫宮が同意し、大きく頷く。

「どれだけ近い未来であってもそれがわかってるとわかってないとじゃあ、警護の仕方が変わってくるわ。悠真、あなた、あたしたちより一歩も二歩も先んじてるのよ」

「それはないですよ」

慌てた様子で首を横に振る悠真の肩を、百合ががしっと抱く。

「あるさ。この先、お前にしかできない警護を見せてくれよな、悠真」

そう言い、ニッと笑った百合を見る悠真の目がまた潤んでくる。

「頑張ります……僕」

「ああ、頑張れ」

「期待しているわよ！」

悠真を取り囲む仲間たちから、それぞれ頼もしげな声が上がる。信頼している仲間から、信頼されていると告げられるのはなんと嬉《うれ》しいことか。そう思いながら悠真は、

「頑張ります！」

と繰り返し、皆の信頼になんとしてでも応《こた》えたいという気持ちを固めたのだった。


「おかえり、悠真」

歓迎会が終わったのが午前零時を少し回った頃だった。その後、それぞれが帰路につく中、百合は当然のように悠真を自宅へと誘い、悠真も当然とばかりについてきた。

「……ただいま……です」

ワインを飲まされすぎたせいで、悠真はすっかり酔っ払っていた。が、彼の頬が今赤いのは、酒のせいではないと、百合は確信していた。

「百合さん……」

両手を広げてみせると、悠真は真っ赤な顔をしながらも、そのまま百合の胸に飛び込んできた。

「ん……」

両頬に手を当て、顔を上向かせた悠真の唇を百合の唇が塞《ふさ》ぎ、そのままベッドに倒れ込む。

歓迎会の席でも話題に出たが、一年という長い期間、百合も、そして悠真も、会いたいという気持ちをこれでもかというほど募らせていた。

任務は非常にタイトなローテーションが組まれてはいたが、それでも、一泊三日で米国を訪れることはできなくはなかった。

頑張っているであろう恋人にエールを送りたい。その思いから百合は渡米の計画を立てたこともあったのだが、悠真本人からきっぱりと断られたのだった。

無理はしないでほしい、それが第一の理由だったが、それだけであれば百合は、『無理などしていない』と決行するつもりでいた。

だがもう一つの理由を聞き、逢瀬を諦《あきら》めたのだった。

「……本当に……悠真は、見かけによらず頑固だよな……」

キスを中断したあと、久々のくちづけで呼吸が苦しくなったのか、ふう、と息を吐き出した悠真に百合が笑いかける。

「……ごめんなさい……」

百合が自分の何について『頑固』と言っているのか、説明せずとも悠真には通じたようで、心底申し訳なさそうな声になり、こくんと首を縦に振ってみせた。

上体が起きていれば、頭を下げたかっただろう。それにしてもそんな仕草も可愛《かわい》い、と思いながら、百合が再び悠真に唇を近づけていく。

「謝る必要はないよ。固い意思のおかげで格段の進歩が見られたんだ。さすが、と感心している」

「……格段の進歩があったのだとしたらいいんですが……」

弱気なことを言う悠真の唇を百合の唇がまた塞ぐ。今は会話よりも互いの体温を身体《からだ》で確かめよう、と百合は尚も深く悠真にくちづけていった。

悠真の『我儘《わがまま》』そして『固い意思』とは、研修期間が終わるまで、百合とは一切会わないというものだった。

百合だけではなく、チームの皆とも、それればかりか友人知人、家族にすら会わないようにしようと思うという決意を告げられたとき、百合は思わず、

『無理するな』

息抜きもたまには必要だぞ、と悠真に告げた。自分で自分を追い込みすぎないほうがいいとアドバイスをしたのだが、悠真はそれをきっぱりと退けた。

『無理しなかったら能力の向上は望めないと思うんです。この一年、ただがむしゃらに頑張ります。絶対に結果を出すために！』

力強くそう言い切った悠真に対し、最早《もはや》自分が口を出すべきではないと判断した百合は、

『会いたくなったらいつでも電話してこい』

と言うに留《とど》めたのだが、結局一年間、悠真から『会いたい』という連絡はなかった。

一年後、まさに目に見える成果を手に悠真は帰国した。成長著しい彼に対し頼もしさを感じると共に百合は一抹の寂しさも覚えていた。

寂しいと感じる必要などまったくない。有言実行、見事やりとげた悠真を誇りに思うべきだと頭ではわかっていたが、恋人の存在の欠落をやりきれなく感じていたのが自分だけかと思うと、やはり寂しい。

まったく、女々しいことだと心の中で自嘲《じちょう》した、その声があたかも聞こえたような言葉が

次の瞬間悠真の唇から零《こぼ》れ落ち、キスの合間に服を剝《は》ぎ取ろうとしていた百合の動きを一瞬止めさせた。

「……寂しかったから……ずっとずっと会いたいのを我慢していたから……これで成果がなかったら、あの我慢はなんだったんだってことになると思って……」

「……悠真、お前、未来だけじゃなく心も読めるようになったのか？」

まさか、と思いながら問いかけた百合に、

「え？」

何がなんだか、と目を見開いた悠真に、百合は己の心情を隠さず告げる。

「悠真に会えなくて寂しいと思っていたのは俺ばっかりなのかと思っていたからさ」

「そんなこと、あるわけないじゃないじゃないですか……っ」

馬鹿な、と言いかけた唇を再びキスで塞ぎながら、百合は悠真の服を次々脱がせ、悠真もまた百合の服を脱がそうと伸ばしてきた手をぎゅっと握り締めた。

「待っててくれ」

すでに全裸に剝《む》いた彼にそう笑い、身体を起こすと手早く自身も服を脱ぎ始める。

「……やっぱりシャワー、浴びさせてください……」

全裸になる間に悠真がそんなことを言い出したのは、一年ぶりに抱き合うことに、照れを感じているだけだと百合は判断した。

「駄目だ。もう、俺がもたない」

それゆえ強引に彼を組み敷き、華奢《きゃしゃ》な首筋から胸へと唇を這《は》わせていく。

「でも……っ……汗臭いし……っ」

悠真の抵抗は最初だけだった。彼もまた『待ちきれない』状態だったようで、最初こそ抗《あらが》ってみせたが、すぐに自身の胸を舐《ねぶ》る百合の頭を抱えるように腕を回してきた。

「や……っ……あっ……あぁ……っ」

乳首を舌で転がして勃《た》たせ、軽く歯を立てる。もう片方をきつく摘《つ》まみ上げてやると、悠真は耐えられないような声を漏らし、淫《みだ》らに腰を捩《よじ》った。

彼の雄はすでに熱と硬さを有し、肌は酔いもあろうが灼熱《しゃくねつ》の温度を宿している。禁欲生活が長かったのは百合も一緒で、悠真と久々に抱き合えると思っただけで彼の雄は勃ちきり、先端には早くも先走りの液が盛り上がっていた。

乳首を舐りながら、右手を悠真の下肢へと移動させ、彼の雄を摑《つか》んで先端のくびれた部分を擦《こす》り上げてやる。

「だめ……っ……あっ……」

びくん、と大きく脈打った悠真の雄は、百合の手の中で見る見るうちに硬度を増していった。

「いっちゃい……ます……っ」

触られるだけでいっぱいいっぱいだ、と涙目で自身を見下ろしてきた悠真に、百合の中で箍《たが》が外れたのがわかった。

もう我慢できない、と身体を起こし、悠真の両脚を抱え上げる。

「や……っ」

ひくひくと、蠢《うごめ》き始めていた後孔が煌々《こうこう》と灯《とも》る電気の下に晒《さら》されたことを恥じ、悠真が身を捩ろうとする。そうはさせまい、と百合はがっちりと彼の両腿《りょうもも》をホールドすると、そこへと顔を埋《うず》めていった。

「百合……っ……さん……っ……だめです……っ……きたな……っ」

悠真がはっとした声を上げ、百合の動きを制しようとした。が、百合は構わず両手で押し広げたそこにむしゃぶりつき、舌を挿入させていった。

「あ……っ……あぁ……っ」

内壁を舐り上げると、悠真は耐えきれぬように腰を更に捩り、シーツの上で身悶《みもだ》えた。感じているのか、と嬉しく思いながら、舌の代わりに指を一本、ぐっと奥まで挿入させてみる。

「……っ」

やや、違和感を覚えたらしく、悠真の身体が一瞬強張《こわば》った。その反応につい、安堵《あんど》の笑みを漏らしそうになり、いかん、と唇を引き締めた。

留学中の浮気を疑ったことは一度もない。自身の気持ちが余所《よそ》へいくわけがないように、悠真もまた自分を一心に思ってくれているに違いないという確信はあった。

だがこうして、純潔を証《あかし》として知らされるのはやはり嬉しい、と思いながらも、一年ぶりであるのだから、優しくしてやらねばという思いも芽生え、少しの苦痛も与えぬようにと百合は丹念に悠真の後ろを解《ほぐ》し始めた。

「や……っ……もう……っ……あ……っ」

悠真の身体の強張りはすぐに解け、後ろにあっという間に熱が宿る。ひくひくと内壁がひくつき、奥深いところに指を誘ってくるのに、百合は自分もまた忍耐を試されているなと一人苦笑した。

「もう……っ……もう……っ……だいじょうぶ……っ……です……っ」

指の本数が一本から二本、やがて三本に増えると、悠真もまた限界を迎えたようで、もどかしげに腰を捩り、百合を真っ直《まっす》ぐに見上げてくる。

潤んだ瞳に意識を吸い込まれそうになった百合の喉《のど》が、ごくり、と唾《つば》を飲む音に鳴った。

やたらと生々しい、と百合は赤面しながらも、

「わかった」

と頷き、悠真の後ろから指をゆっくりと引き抜いた。

「……っ」

その指を追いかけ激しく後ろが収縮したようで、悠真の腰がまた捩れる。彼の雄はすっか

り勃ちきり、先端から零れた先走りの液が肌を濡らしていた。

天井の灯《あか》りを受け、きらきらと煌《きら》めくその滴が美しくもエロティックで、またもごくりと百合の喉が鳴る。

いけない、このままでは挿入した途端にいってしまいそうだ、と百合は気持ちを引き締めつつ、悠真の両脚を抱え直すと興奮に張り詰めていた自身の雄をひくつくそこへとねじ込んでいった。

「あぁっ」

ゆっくりいくつもりだったが、悠真の熱さを感じた途端、本当に達してしまいそうになり、百合は奥歯を噛《か》み締め一気に腰を進めた。

幸いなことに悠真は苦痛を感じることなく、それどころか大きな快感を覚えたようで、可愛らしい彼の口から高い声が漏れ、シーツの上でその背が撓《しな》った。

そんな様子を見てしまうともう、百合にもブレーキが利かなくなった。込み上げる快楽のまま、激しく悠真を突き上げ始める。

「あっ……あぁっ……あっあっあーっ」

リズミカルに、そしてスピーディに腰を打ちつけていく、力強い百合の律動は悠真を快楽の絶頂へと導いたようで、上がる嬌声《きょうせい》は高く、捩る身体の動きも激しくなっていった。

「いく……っ……いく……っ……いっちゃう……っ……あーっ」

すでに悠真の意識は朦朧《もうろう》としているらしく、自分が何を叫んでいるのか、わかっていないようだった。

切羽詰った声音を聞き、百合はわかった、と頷くと、片脚を離し二人の腹の間でパンパンに張り詰めていた悠真の雄を握り一気に扱《しご》き上げてやった。

「アーッ」

直接的な刺激に悠真はすぐに達し、白濁した液を百合の手の中にこれでもかというくらい飛ばしてきた。

「……っ」

射精を受け、悠真の後ろがきゅっと締まる。雄を締め上げられるその感触に百合もまた達し、悠真の中に精を注いだ。

「…………大丈夫か……？」

はあはあと息を乱しながら、焦点の合わない目を向けてくる悠真を案じ、百合が問いかける。

「…………あ…………」

息が整うにつれ、快楽により混濁した意識も戻ってきたようで、悠真が小さく声を漏らしたのを見て、また百合は、

「大丈夫か？」

と問いかけた。

「うん」

頷いた悠真が泣き笑いの顔になり、両手を広げる。

「……ただいま、百合さん」

「おかえり、悠真」

本当に可愛い——涙に潤んだ瞳も、紅潮する頬も、息を乱す紅い唇も、何もかも俺のものだと思いながら百合は悠真の開いた両手が摑まる先を与えようと彼に覆い被《かぶ》さっていった。


二度、三度絶頂を迎えたあと、百合はうつらうつらする悠真に腕枕《うでまくら》をしてやりながら、一年ぶりの逢瀬に今更胸を熱くしていた。

と、ふと悠真が目を開いたかと思うと、眠そうな声で百合に話しかけてきた。

「百合さん……ボス、どうしたんでしょう」

「………ああ………」

悠真に問われるまでもなく、百合も今夜の藤堂の様子がおかしいことには気づいていた。

勤務中は勿論《もちろん》、プライベートでも彼が気もそぞろになる場面など、滅多にないというのに、

今夜の藤堂の意識は散漫としすぎていると百合も思っていただけに、悠真も気づいたのか、と腕の中で半分眠りそうになっている彼を見下ろす。

「……最近、ずっと？」

「……まあ、その傾向はあったが、今日ほどじゃない」

「何かあったんでしょうか」

悠真が眠さに目を擦りながら、心配そうな視線を百合に向ける。

「明日にでも話を聞いてみることにするよ」

だから安心して寝ろ、と百合は悠真の額にキスをし、眠りやすいように体勢を整えてやった。

「……ボスも百合さんになら、話しますよね……」

にっこり、と悠真が微笑《ほほえ》み、やがてすうっと目を閉じると眠りの世界に入っていく。

「…………」

百合と篠、それに藤堂は警察学校の同期、かつ親友といってもいい間柄だった。

少なくとも自分は親友だと思っている。上司と部下という壁は越えるつもりはないものの、困ったときにはその壁を越えて相談してもらいたいのだが、果たして藤堂はしてくるか、と、百合は悠真を起こさぬよう、抑えた溜《た》め息《いき》を漏らした。

たいがいのことなら、打ち明けてもらえると思う。だが今回は『たいがいのこと』には当てはまらないのではないかと、百合はそれを案じたのである。

そう、『たいがいのこと』なら、ああも藤堂が心ここにあらずという状態になるわけがないのだ。きっとその疑念は、悠真も、そして姫宮や星野も、勿論篠も抱いているに違いない。

明日、まず自分が藤堂にぶつかり、なんの成果も得られなければ彼を除いたチームメンバーで話し合おう。

勘の鋭い百合は、藤堂の抱いている悩みが尋常でないと感じると同時に、そのせいで藤堂の身に危険が迫っているのではと思えて仕方がないのだった。

危機を背負った藤堂は一人で立ち向かっていくに違いない。そうはならないように、皆で力を合わせよう。

よし、と決意を胸に頷いた百合の腕の中で、悠真が早くも安らかな寝息を立て始める。

悠真が戻ってきた今、藤堂チームはフルメンバーとなった。大抵の危機には立ち向かえるぞと、明日、藤堂に言ってやろうと思いながら百合は、ようやく腕の中に戻ってきた悠真の髪を、彼を起こさないよう気をつけつつ心からの愛しさを込めてそっと梳《す》き上げたのだった。

2

翌朝、百合と悠真は揃《そろ》って出勤したのだが、すぐに藤堂から任務変更の命令が下った。

「明日から来日中の中東Ｂ国のマジード殿下の警護を我々のチームが担当することになった。国王陛下の名代で調印式に出席されるための来日とのことだ」

「Ｂ国って確か、日本企業に総工費何千億だかの石油プラント建設を依頼した国ですよね」

星野がそう告げる横で、

「よく覚えてたわね」

姫宮が感心した声を上げる。

「一応新聞くらいは読んでるよ」

馬鹿にするな、とむっとする星野を、

「そんなの社会人として当たり前じゃないの」

と姫宮は更に苛めたあと、「ひでぇ」と恨みがましい目を向ける彼を無視し、藤堂に問いかけた。

「国王の名代ということですが、体調不良か何かですか？」

「さすが姫、耳が早いな」

藤堂が感心した声を上げるのに、星野が「なんです？」と問いかける。

「B国にはちょっとキナ臭い噂《うわさ》があるのよ。次期国王を巡っての」

「次期国王？　確か国王はつい二、三年前に三人目だか四人目だかの奥さんを貰《もら》ったんじゃなかったか？」

百合もB国については、内紛の噂など聞いたことがなかった。それでそう問いかけたのだが、姫宮は相当詳しいようで、

「その四回目の結婚が問題だったのよ」

と幾分声を潜め、話し出した。

「イスラム教では四人まで妻帯が許されているし、国王陛下もまだ五十代だし、四人目の妻を迎えることについては特段、問題はなかったの。ただその四人目っていうのがかなり胡散《うさん》臭《くさ》い人物みたいでね」

「イタリアだかフランスだかを旅行中に知り合ったんだっけ。しかし国王と知り合えるっていうのもすごいな」

星野が記憶を辿《たど》るのに、

「仕組まれたみたいよ」

と姫宮は尚も声を潜めた。

「噂の域を出ないけれど、イタリアンマフィアが絡んでいるみたい……まあ、あくまでも噂だけれど」

「ゴシップじゃないのか？　それと国王陛下の体調不良とどう関係があるんだよ」

星野の問いに姫宮は、

「確かに単なるゴシップかもしれないけど、状況はまさに第四夫人にいいように転がりつつあるのよ」

と彼を睨みつつ答えた。

「いいようにって？」

「第四夫人はデキ婚だったの。すぐに男の子が生まれたわ。国王にとっては第三王子だった。第一夫人との間に子供はなく、第二夫人が第一王子を産み、第三夫人が第二王子を産んでいたから。第二王子はまだ八歳だったのだけれど、三ヶ月前、宮殿のプールで溺《おぼ》れて亡くなっているのよ」

「……でも、第一王子がいるじゃないか」

星野の突っ込みに姫宮が「ええ」と頷く。

「第一王子は国民にも人気があるし、国王も自分の後継者として全幅の信頼をおいているという話だわ。ただ、ここ数ヶ月、急に国王陛下が体調を崩したり、国内に第一王子の王位継承は相応しくないという声が上がったりと、なんだかキナ臭いのよ」

「姫はなんでそんなにB国の内情を知ってるんだ？」

百合が疑問をぶつけると、姫宮は少しバツの悪そうな顔になり頭を掻いた。

「ゴシップ好きが高じて……というのは冗談なんだけど、外務省勤務の友人が今、ちょうどB国の大使館に派遣されているの。B国国王が来日することはわかっていたので、警護担当になったときのことを考えて事前に情報を仕入れようと聞いてみたところ、そんな話が出たってわけ」

「外務省の人間が、そうそう情報を漏らしていいのかね」

百合が呆《あき》れた声を上げるのに、

「勿論、口止めはされたけどね」

と姫宮が舌を出した。

「でも、仕事に生かせなかったら意味ないじゃない」

「そいつ、姫に気があるんじゃないの？」

ここで思わぬ突っ込みが星野から入った。

「だからそんなこと、ベラベラと……」

「馬鹿なこと言わないでちょうだい。なによ、ランボー、あたしが色仕掛けでも使ったたって言うの？」

むっとした様子の星野以上にむっとした姫宮が、凶悪な目で彼を睨みつける。

「修羅場は余所でやってくれ」

百合がそう突っ込んだあと、真面目な表情になり藤堂に確認をとった。

「そうした情報は当然、上層部には入っているんだよな？」

「どうだろう。そういった報告はなかった」

「なかった？　もしも姫の得た情報が正しければ、第一王子は命を狙《ねら》われている可能性大ってことだろ？」

「正しいわよ」

姫宮が百合にも凶悪な目を向けるのに、

「勿論、正しいとは思ってるよ」

と百合はフォローし、すぐにまた視線を藤堂に戻す。

「その危険があるマルタイの警護がなぜ、急に藤堂チームに振られることになったんだ？もともとは確か、田丸《たまる》班と中野《なかの》班、合同であたることになっていたはずだ」

「余所の班《チーム》の予定まで、把握する必要はないぞ、百合」

藤堂が淡々とした声でそう告げるのに、

「なぜ、藤堂チームは単独なんだ？」

と百合が問いを重ねる。

「当初は国王陛下が来日することになっていた。それが第一王子になったので一チームでいいだろうという判断が下ったんだ」

「なら、田丸班か中野班、どちらかになるのが普通だろう?」

「だから余所の班のことは気にするなと言ってる」

藤堂が厳しい声を出し、百合を睨んだ。

「何かある……違うか?」

藤堂の睨みは相当迫力があり、姫宮などはすっかり恐れをなしてしまっていたのだが、百合は少しも臆《おく》することなく藤堂を睨み返し、そう告げる。

「何があろうと、マルタイを警護することに変わりはない。違うか?」

相変わらずきつい眼差しのまま、藤堂が百合にそう問いかけた。

「それはそうだ」

ここで百合があっさり頷いたため、二人の迫力ある睨み合いは終わりを告げた。

「スケジュールを発表する。本日王子は専用機で羽田《はねだ》に到着しており、その後宿泊先の東《とう》京《きょう》駅近くのホテルに向かわれた。我々の警護は明日からになる。明日、明後日《あさって》はフリーとのことで、後ほど行き先の連絡がくることになっている。その翌日が調印式だ。調印式が終わったその足で伊豆《いず》の温泉地へと向かう。温泉というものに入ってみたいという王子のリクエストだそうだ。王子には二十四時間警護であたる。ローテーションについてはすぐにスケジュール表と一緒にメールする」

「わかりました」

「メールお待ちします」

口々に答え、皆、自席へと戻る。だが百合だけは席に戻らず、藤堂へと歩み寄っていった。

「ボス、お話が」

「今は忙しい。あとにしてくれ」

「いや、今、お願いしたい。王子の来日は明日だろう？　そうそう急ぎの仕事はないはずだ」

百合の言葉を藤堂は、面倒臭いなという表情で聞いていたが、彼が一歩も引かないつもりでいるのがわかったのだろう、

「……五分しかとれんぞ」

と言うと、すでについていた席から立ち上がった。

「少し外す」

背後にいた篠にそう声をかけ、行くぞ、と百合を目で促す。

「……百合さん……」

「かおるちゃん……」

心配そうに見守る悠真に、そして姫宮に、任せろとばかりに頷くと、百合は藤堂のあとに続き部屋を出た。

藤堂が百合を連れていったのは、警視庁の屋上だった。

「ほんとにお前、高いところが好きだよな」

「馬鹿となんとかは高いところに上りたがるというだろう」

百合の言葉に藤堂が軽口で返す。

「お前に『馬鹿』と言われると心底むかつく」

百合もそう返したあと、真面目な顔になりじっと藤堂の目を見つめた。

「なんだ」

「藤堂、一体何があった」

「…………」

藤堂もまた、百合を真っ直ぐに見返していた。が、彼が口を開く気配はない。

暫《しば》し沈黙が流れたが、やはり藤堂の口は開かなかった。

「どうして何も言わない?」

焦《じ》れて先に声を発したのは百合だった。藤堂はそんな百合を暫らくの間見つめたあと、はあ、と下を向いて息を吐き出し、改めて百合へと視線を向けながら口を開いた。

「……何もない……と言っても信じてもらえそうにはないな」

「当たり前だ。何年の付き合いだと思っている」

百合はそう吐き捨て「それに」と言葉を続けた。

「チームの皆も気づいているぞ」

「……優秀な人材を集めたことが仇《あだ》になったよ」

肩を竦《すく》めた藤堂に百合がにじり寄る。

「本当に何があった？」

「……申し訳ないが、今は言えない」

藤堂の言葉に百合が、

「なっ」

と絶句する。

「必ず説明する。だが、今は勘弁してほしい」

「藤堂！」

「百合、わかってくれ」

「………………」

藤堂の眼差しを前に、百合は言葉を失いその場に立ち尽くした。

友情は勿論感じている。その『友情』に藤堂が訴えかけてきたことに、百合は呆然《ぼうぜん》としたのだった。

藤堂が上司として自身をねじ伏せるのならまだわかった。だが友情に訴えかけても隠したいというのは、一体何があったのだ、と百合は藤堂を案じずにいられないでいた。

「おい、藤堂、お前、大丈夫か？」

思わず問いかけた百合に藤堂は笑顔で頷いてみせた。

「大丈夫だ。今のところは……だが、危うくなったらお前にヘルプを頼む。それは確実だ」

「今からヘルプを要請してくれても別にいいいんだぜ？」

百合がそう言うと藤堂は、

「そこはまだ、私に頑張らせてくれ」

と笑い百合の肩を叩いた。

「一人で責任とるとか、考えるなよな」

百合も藤堂の考えていることがすべてがわかったわけではない。が、今の藤堂からはその気概しか感じられず、一人屋上を去ろうとする彼の背にそう叫んでいた。

「本当にお前は勘がいいよ」

あはは、と藤堂が、彼にしては珍しく高い笑い声を上げ、去っていく。

「…………普通じゃねえだろ」

百合の口からは思わずその言葉が漏れていた。

藤堂を『珍しい』状況に陥らせるとは、相当なことが起こったとしか思えない。それが今回の、中東B国の王子に関することなのか、はたまたまったく関係がないのか、予測がつかないと思いながらも、百合の胸にはただ一つの決意が宿っていた。

何があろうと藤堂は守る。彼一人に責を負わせるようなことには絶対にさせない。

そのためにも百合は、藤堂が今、一人で立ち向かおうとしていることを探り出そうとしていた。

自分には打ち明けずとも、公私共に『バディ』として認めている篠には打ち明けるのではないか。

是非とも打ち明けてもらおう。そして篠から話を聞こう、と百合は今後の展開をそう自分で形作ると、彼もまた藤堂に続き屋上をあとにしたのだった。


「祐一郎様、少しよろしいですか」

明日にはB国の第一王子、マジード殿下を迎えるということで、前日である今宵《こよい》は藤堂チーム全員がほぼ定時で警視庁をあとにした。

帰宅後、藤堂は今夜は早めに休むと篠に告げ、一人ベッドに入ろうとしたのだが、篠は藤堂の言いつけには従わず、結局ベッドまでついてきた。

「……百合だろう?」

お前に聞き出すよう頼んだのは、と溜め息交じりに藤堂が篠に問いかける。

「否定はいたしません……が、百合様のご依頼がなくともお聞きするつもりではありました」

篠は常に藤堂を立て、こうもきっぱりとした物言いをすることはない。

その彼の厳しい語調に、さすがの藤堂も、うっと言葉に詰まり、真摯《しんし》な眼差しを向けてくる篠を真っ直ぐに見返した。

「祐一郎様……なぜ、今回に限っては何も打ち明けてくださらないのです。私はそうも信頼に足りない男でしょうか」

切々と訴えかけてくる篠に対し藤堂は首を横に振った。

「それはない……が、この件に限っては私も迷っているのだ」

苦渋の選択、その言葉こそが相応しいと告げながら、はあ、と抑えた溜め息をつく。

「……祐一郎様?」

「少しだけ待ってもらいたい。これは私の我儘だ」

「………わかりました……」

本当は『わかった』とは言いたくない。藤堂が一人苦悩を抱えているのは明らかである。

その苦悩を分かち合いたい。分かち合うことで少しでも藤堂の悩みを軽くしてやりたい。

その願いは篠の胸に溢《あふ》れていたが、伸ばした手を拒絶されてはどうしようもなかった。

今、話すことこそが藤堂にとってはより『苦悩』を感じるということだろう。納得するしかない、と篠は自身に言い聞かせると、そのまま藤堂の寝室を辞そうとした。

「諒介」

篠の背に藤堂の声が響く。

「はい」

振り返った篠の目に、信じがたい光景が映った。

「………もう一つ、我儘を言ってもいいだろうか」

藤堂が実に言いにくそうにそう告げ、篠の視線を避けるように俯《うつむ》いたのだが、彼の頬に朱が走っている。

彼の表情を今見た者が篠以外にいたら――ありうるはずのない仮定ではあるが――藤堂が羞恥《しゅうち》に頬を染める姿に仰天したことだろう。

篠もまた滅多に見ることのない、恋人にして彼の『光』である――幼い頃からずっと仕えてきた主人でもある藤堂のそんな顔を、思わずまじまじと見てしまい、返事が遅れた。

「……諒介?」

藤堂が顔を上げ、篠を見つめる。

「失礼しました。なんでしょう」

篠ははっと我に返り返事をしたが、藤堂の『我儘』の内容にはすぐに見当がついたため、すっと手を伸ばし赤らんだ彼の頬に触れた。

びく、と藤堂が身体を震わす。そのまま動かずにいる藤堂との距離を篠はより詰めると、今度は両手で藤堂の顔を包む。

「……話せもしないのに、抱いてほしいとは、図々しいが……」

藤堂が目を伏せ、ぼそりと告げる。ますます熱くなる頬を掌《てのひら》に感じながら篠は、

「構いませんよ」

と微笑むと、ゆっくりと唇を寄せていった。

「……ん……」

触れるようなキスから、やがて、きつく舌を絡め合う濃厚なキスへと進んでいく。合わせた唇の間から藤堂が漏らした微かな声が、篠の中のスイッチを押し、近くにあるベッドに藤堂の身体を押し倒した。

「……眼鏡《めがね》を……」

外させてくれ、という藤堂の言葉に、篠は頷き身体を起こす。そのまま脱衣を始めた篠の横で藤堂も身体を起こすと、眼鏡を外してサイドテーブルへと置き、自身も服を脱ぎ始めた。

無言のまま二人して全裸になったあと、篠は部屋の灯りを消しに行く。ベッドサイドの小さな灯りだけつける、というのが、二人のセックスのときの決まり事となりつつあった。

藤堂は灯りをすべて消してほしいという希望を持っていたが、篠のたっての要望でスタンドの灯りだけは許されることになったのである。

藤堂が暗闇《くらやみ》での行為を望む理由は、言うまでもなく羞恥の念からだった。彼は自分の身体がどれほど美しいかという自覚がない上、乱れる自身の姿を篠が目にすれば呆れられるに違いないという誤解まで抱いていた。

できることなら煌々と照らされる灯りの下で抱きたいくらいだと思っていた篠は、他のことならなんでも希望を通すがこれだけは、と今までしたことのない主《あるじ》への『反抗』をし、藤堂を押し切った。

小さな灯りの下に、藤堂の白い肌が見える。もどかしくはあるが、逆に、仄《ほの》かに見えるというのもエロティックではある、と篠はいつも思うことを今夜も思いながら、先に仰向《あおむ》けに寝転んでいた藤堂にゆっくりと覆い被さっていった。

「……祐一郎様……」

呼びかけ、返事を聞くより前に唇を塞ぐ。

「……っ」

口内を舐りまくる勢いで舌を動かしながら、同時に掌で藤堂の胸を擦り上げる。二人して幾夜も共にしているものの、藤堂はなかなか行為に慣れる様子を見せず、少しの刺激にも、びく、と身体を震わせるのだった。

おそらく彼はいまだに『快感に我を忘れる自分』を許容できていないのだろうと、篠は密かに分析していた。

それで快楽に対し、臆病になる。

許容できない理由は、プライドもあるだろうが、何より感じすぎ、我を忘れたあとに自分がどうなってしまうのか、それがわからない恐怖に囚《とら》われているからではないか。

篠の分析はそう外れてはいないと思われたが、それならどうすればいいという解決策は思いつかなかった。

否、解決策自体が存在しない。ただ回数を重ね、慣れていくしかないというのが篠の導き出した結論であり、『慣れる』までじっくり付き合っていこうと彼は心に決めていた。

それゆえ、篠のセックスはどこまでも藤堂に対する思いやりに溢れている。挿入までにはこれでもかという愛撫《あいぶ》を与え、苦痛の欠片《かけら》も見出《みい》だせない、ただただ快感のみに溢れたものになるよう心がけていた。

今日もまた、くちづけを交わしながら、乳首を何度も掌で擦り上げ、勃ち上がったところを指先でこねるようにして摘まみ上げるという動作を絶え間なく篠は続けていた。

もう片方も、と唇を藤堂の唇から外し、弄っていないほうの乳首を口に含む。舌先で転がすようにして刺激したあと、ちゅう、と強く吸い上げ、また舌で素早く乳首を転がす。

「……んっ……んふ……っ」

両胸を弄り続けるうちに、藤堂の肌にじんわりと汗が滲《にじ》み、彼の口からは堪《こら》えきれない声が漏れ始めた。

男の胸に性感帯があるとは、と、本人が一番驚いていたが、篠もまた感じやすい藤堂の体質に驚きを新たにしていた。

快感を己の内に閉じ込め、必死に声を堪えようとする藤堂に、室内には二人しかいないのだから、もっと開放的な気分になってほしいと篠は願っているのだが、双方、いい大人であるので、なかなかそうはいかないのだろうと納得もしていた。

それでも、と願いは捨てられず、丹念な愛撫を繰り返す。

「ん……っ……ぁ……っ……」

乳首が赤く染まるまで、指先で、唇で、舌で、時に歯を立てて攻め立てると、やがて藤堂の唇からは微かながらも喘《あえ》ぎが漏れ始めた。もどかしげに捩れる腰の動きもまた悩ましい。

彼の雄が熱と硬さを増していることを確認した篠は、次は、と身体をずり下ろし、藤堂の下肢に顔を埋めた。

「あっ」

勃ちかけた雄を咥《くわ》えると、藤堂は一瞬高く喘ぎ、大きく背を仰《の》け反らせた。

たちまちに両手で口を塞いだものの、篠が口淫《こういん》を始めるとその手はだんだんと外れていき――息苦しくなったものと思われた――やがて堪えきれない声が漏れ聞こえ始めた。

「あ……っ……はぁ……っ……あっ……」

もっとその声が聞きたいと、篠は藤堂の竿《さお》を扱き上げながら、尿道を舌先で割ろうとする。

「あぁっ」

強い刺激に、びくん、と藤堂の身体が震え、彼の背がまた大きく仰け反った。篠の手の、そして舌の動きが激しくなる。

「や……っ……あっ……あぁっ……」

零れる先走りの液が竿を伝って流れ落ちる。そうも感じてくれているのは嬉しいと思いながら篠はその液で指先を濡らすと、手を後ろへと滑らせ、藤堂の蕾《つぼみ》に、つぷ、と挿入した。

「……っ」

ひっというような声を上げ、藤堂の身体が一瞬強張る。

何度も身体を重ねてはいるものの、なかなか慣れるものではないらしい。気持ちはなんとなくわかるので、これもまた、回数を重ねていくしかないと篠は思いながら、ゆっくりと指を動かし始めた。

前を口で、後ろを指で攻め、藤堂の快感を煽《あお》っていく。前立腺《ぜんりつせん》の部分を重点的に弄りながら、舌を雄の先端、くびれた部分に絡ませると、少しの間止まっていた藤堂の喘ぎがまた漏れ聞こえ始めた。

「ん……っ……あっ……あぁ……っ」

解れてきたところに二本目の指を挿入し、内壁を圧するようにして中をかき回す。薄紅色の内壁がひくひくと震え始める頃には、篠の口の中で藤堂の雄は勃ちきり、今にも爆発しそうになっていた。

「あぁ……っ……もう……っ……もう……っ」

切羽詰った声を上げる藤堂に、篠は目を上げて頷くと、雄の根元をしっかりと握り締めて彼の射精を阻んだ。

そうして尚も舌を動かしながら、後ろに挿れる指を三本に増やす。

「あぁっ」

三本目の指は、易々《やすやす》と受け入れられた。これで苦痛はないだろう、と篠は再び藤堂を見上げたが、藤堂は与えられた快感を受け止めかねているのか、ぎゅっと目を閉じ、シーツを摑みながら首を横に振っていた。

すぐ、楽にして差し上げます。篠は心のなかでそう呟《つぶや》くと、そっと藤堂の後ろから指を引き抜き、雄を口から離して上体を起こした。

「……っ」

もどかしげに腰を捩った藤堂が、うっすらと目を開く。

「いきますよ」

篠はそんな藤堂に声をかけると、彼の両脚を抱え上げ、丹念な愛撫でひくついていた後孔を露《あら》わにした。

「……ああ……」

頷いた藤堂の頬には笑みがある。なんと可愛らしい——思わず暴走しそうになるのを必死に堪えながら篠は勃ちきり、先走りの液を滴らせていた自身の雄をそこへと当てがうと、ゆっくりと腰を進めていった。

「ん……っ……んん……っ」

藤堂の喘ぎが低くなったが、別に苦痛を覚えたわけではなく、どちらかというとゆっくりした篠の動きにもどかしさを覚えたためのようだった。

そうと察した篠は、わかりました、と一人頷くと、ぐっと腰を進め一気に藤堂を貫いた。

「あっ」

藤堂の口から歓喜の声が漏れる。もう大丈夫ということですね、と篠は独りごちると、激しく藤堂を突き上げ始めた。

「あっ……あぁっ……あっあっあっ」

奥深いところを抉《えぐ》られ、藤堂の喘ぎがまた一段と高くなる。彼の肌はますます熱し、汗が美しいその肌を覆い始めた。

「やぁっ……あっ……あっ……あぁっ」

汗で滑りそうになるのを、両手で太腿を抱え直して制し、尚も律動を続ける。最早藤堂の意識はすぎるほどの快感に朦朧としているようで、いやいやをするように首を横に振るその仕草に普段の理性を前面に押し出している彼の面影はなかった。

「もう……っ……あぁ……っ……もう……っ……いきたい……っ」

意識がはっきりとしていたのなら、決して口にはしないだろう言葉を告げる。

「かしこまりました」

そういう言葉を聞けるのがどれだけ自分に喜びを呼び起こすか。きっと藤堂は知らないだろうと思いながら篠は頷くと、藤堂の片脚を離し、代わりに握った彼の雄を一気に扱き上げた。

「あぁっ」

藤堂が高く喘ぎながら達し、両手両脚で篠の背にしがみついてくる。

「……祐一郎様……愛しています……」

達したあと、必ず篠は藤堂に常に、心に溢れる愛情を告げることにしている。藤堂はそれを聞き、心から幸せそうに微笑んだ。

この顔が見たいから、篠は毎回、同じ言葉を告げる。藤堂の幸せそうな顔を見ると自分は更に幸せになるのだ。

その思いは多分、口にせずとも伝わっているだろう。そう思いながら篠は、

「愛しています」

と繰り返し、ますます幸せそうになった藤堂の唇に、頰に、いまだ荒いままの藤堂の呼吸を妨げぬよう細かいキスを、数えきれないほど落としたのだった。

3

翌朝、藤堂は上司である小池《こいけ》警備部長と、外務省の担当役人と共に、警護にあたる中東B国の第一王子マジード殿下の宿泊先のホテルに面会に行った。

「殿下、こちらがご滞在中の護衛を務めます警護課の藤堂です」

「藤堂です。よろしくお願いいたします」

今までの会話は英語で交わされていたのだが、にっこりと微笑み、すっと手を差し伸べてきた王子が口にしたのは実に流暢《りゅうちょう》な日本語だった。

「よろしく。ミスター・藤堂。君のような麗人と会えて幸せだよ」

「…………これは殿下、日本語が堪能でいらっしゃるとは……」

外務省の役人が驚いた声を上げる。その情報はいっていなかったのだな、と藤堂は思いつつ、

「よろしくお願いいたします」

と頭を下げた。

「ミスター・藤堂、名前は？」

「祐一郎です」

「祐一郎と呼んでもいいか？」

「勿論です。殿下」

外務省の役人を無視した形で、王子が藤堂のみに話しかけてくる。

「私のことはマジードと呼んでくれ」

「それはいたしかねます」

丁重に断った藤堂は改めて、目の前のマジード殿下をさりげなく見やった。

自分のことを『麗人』などと言っていたが、王子こそが『麗人』と呼ばれるに相応しい容姿をしていた。

身長は一八〇センチを少し超えるくらいか。肩幅の広い、見事な体軀《たいく》をしていた。中東系の褐色の肌が彼の魅力を更に引き立たせている。

どちらかというと優しげな女顔であるのだが、そうした印象を与えることはない。綺麗《きれい》な顔ではあるが、鋭い眼光が彼の顔から『綺麗』『優しい』というイメージを払拭《ふっしょく》していた。

さすが、将来一国を担うとされているだけのことはある。そう思いながら藤堂は王子を真っ直ぐに見返した。

「呼んでほしいな」

「それは……」

さすがに王子を名前で呼ぶことなどできない、と断った藤堂に、

「なんだ、つまらない」

王子は肩を竦めると、ふいと藤堂から視線を逸《そ》らし、警備部長を見た。

「警護担当を替えてくれ」

「お、お待ちください、殿下」

部長が仰天した声を上げ、なんとかしろ、と藤堂を見る。

「私は言うことを聞かないSPが嫌いだ」

にべもなく言い捨てた王子を前に、藤堂は啞然《あぜん》としていた。

我儘にもほどがある。しかも『言うことを聞かない』その内容は、王子を呼び捨てにせよということなのである。

理不尽だなと思いながらも藤堂は、それなら、と視線を部長から王子へと向けた。

「マジードとお呼びするのでよろしいのですね」

「ああ、そうだ、祐一郎！　お前はよくわかっている！」

途端に王子は上機嫌な様子となり、藤堂の肩をバシバシと叩いた。

「よろしく頼む、祐一郎」

「わかりました、マジード」

二人の様子を警備部長や外務省の役人が唖然として見ている。そのうちに彼らも状況を把握するだろうと思いつつ、藤堂は改めてこの、偏屈としかいいようのない王子を密かに観察し始めた。

藤堂が今まで集めたデータには『偏屈』の文字はなかった。どちらかというと人徳者という評価だったと思う。

単に評価が捏造《ねつぞう》されただけなのか、はたまた今はたまたま虫の居所でも悪かったのか。

どちらにせよ、任務が続行と決まったので、力を尽くすまでだと藤堂は心の中で呟くと、

「それでは早速、チームメンバーを紹介いたします」

と一礼し、ドアへと向かった。

「入れ」

藤堂チームは皆、部屋の外で待機していた。藤堂の指令で室内に入り、王子の前に一列に並んだ。

「百合です」

「唐沢です」

「姫宮です」

「星野です」

「篠です」

簡単に名乗り、一礼して再び部屋を出ようとする。

「待て」

と、ここで王子の声がかかった。もしや、と藤堂が抱いた嫌な予感は当たり、王子は彼らにもフルネームを名乗るように告げたあと、自分のことは『マジード』と呼べと強要したのだった。

「殿下の――マジードの望むとおりにするように」

戸惑っていた部下たちに藤堂はそう言うと、これでいいか、と王子を見た。

「祐一郎、君の順応性は素晴らしい」

王子が満足げに頷き、何を思ったのか藤堂に近づくと彼をハグする。

「………」

藤堂は一瞬固まったものの、すぐに笑顔を作り、

「光栄です」

と王子に頭を下げた。

「そうだ、君たちに私の友人にして腹心の部下を紹介しよう」

王子が陽気な声を上げたあと、

「サーリフ!」

と呼びかける。

「お呼びでしょうか」

室内には王子の臣下が大勢控えていたのだが、その中で一段と背の高い男がなんと日本語で返事をし、王子に歩み寄った。

「サーリフだ。彼のことも『サーリフ』と呼んでほしい。サーリフ、彼らを名前で呼ぶのだ。何せ私の命を守ってくれる人たちだからな」

「かしこまりました。殿下」

サーリフはそう言うと、まず藤堂に向かい頭を下げた。

「祐一郎、そう呼ぶことをお許しください」

「勿論です」

答えながら藤堂は、この王子の『友人かつ腹心の部下』もまた、酷《ひど》く容姿が整っている、と感心していた。

身長は王子より少し高い。体格も一回り大きいようだった。男臭い容貌《ようぼう》は王子とまるで似ていなかったが、身に纏《まと》う雰囲気に共通点はあるような気がする、とサーリフを見やる。

「香、悠真、良太郎、一人、諒介……殿下を頼みます」

「勿論です」

「お任せください」

百合と篠が、はっとした様子でそう返事をし、頭を下げる。あとの皆はいまだに啞然とした顔をしているな、と思いつつ藤堂は改めて、王子同様、凄い記憶力だ、とサーリフを見やった。

「調印式までは日本滞在を楽しもうと思う。身の回りの警護はサーリフと相談して決めてくれ」

王子はそう言うとサーリフに、

「頼んだぞ」

と微笑み、

「少し寝る」

そう言い捨て、寝室へと向かっていった。室内にいたサーリフ以外のアラブ人の若者たちが王子のあとに続く。

「打ち合わせを始めましょう」

サーリフが藤堂に声をかけ、部屋の中央にしつらえてあったテーブルへと進む。

「それじゃあ、藤堂君、頼むよ」

「よろしくお願いします」

警備部長と外務省の役人は、お役御免、とばかりに部屋を出ていき、室内には藤堂チームとサーリフのみとなった。

「まずはミスター・藤堂の警護プランをご説明いただけますか」

王子が不在であるからだろう、サーリフは藤堂を名前では呼ばずにそう問いかけてきた。

「わかりました。こちらに来ているスケジュールは調印式のみとなっていますので、それに限られますが」

藤堂はそれに戸惑うことなく淡々と答え、スーツの内ポケットから取り出した警護プランの書かれた用紙をサーリフの前で広げた。

「調印式はM商事を中心に建設会社、重機械メーカー等プラント建設に関《かか》わる計十社のトップが出席、会場はM商事所有の接待施設、M会館の貴賓室となります。警護配置は二カ所の入口と殿下のお座りになるテーブルの最上座の後方壁側、当日の警護プランは次のとおりです」

立て板に水がごとく、藤堂が説明を続ける。

「M商事に協力いただき、調印式の日にM会館に出入りする人間は、来賓だけでなく会館の従業員や、出入りの清掃業者に至るまで一人残らずリストアップしました。当日は身分証の提示を求めた上でリストにない人物の入館は一切受けつけず、不審人物をシャットアウトします。会場となります貴賓室のカーテンはすべて閉じ、狙撃《そげき》等に備えます。他、細かい点となりますが……」

続いて藤堂は、貴賓室の図面と式次第を示し、式典の進行に沿った警護のフォーメーションをサーリフに説明した。

「さすがですね。少しの穴もない」

五分ほどの説明を聞き終えたサーリフは、感嘆の声を上げたと同時に、すっと手を伸ばし藤堂に握手を求めてきた。

「ミスター・藤堂、頼もしい方に警護についていただけて、殿下は幸運です」

「恐れ入ります」

藤堂がその手を握り返す。

「式典は明後日ですが、日本に滞在中は二十四時間、我々が二名ずつ交代で殿下の警護にあたりますので。今日はこのあと、どちらかにお出かけになりますか？」

「いえ、特には」

予定はありません、とサーリフが首を横に振り、王子の消えた寝室へのドアをちらと見やる。

「お疲れのようですから、今日はホテルにいらっしゃると思います」

「明日のご予定は。外務省の観光提案を退けられたと承っておりますが」

「はい。殿下は気分屋でいらっしゃるので……人に予定を決められるのがお嫌いなのです」

サーリフはそう言うと、

「予定が決まりましたらすぐ、お知らせいたします」

と告げ、会釈をした。

「かしこまりました。それではすぐに警護に入ります」

藤堂はそう言うと、ローテーションの最初となる百合と悠真に声をかけた。

「頼むぞ」

「はい」

「はい」

敬礼する二人の声が重なる。

「藤堂チームはバディ制をとっている、それが特徴だと聞きました」

と、ここでサーリフが唐突にそんなことを言い出し、その場にいた皆の注目をさらった。

「息が合ってますね」

にっこり、とサーリフに微笑まれ、百合と悠真がまたほぼ同時に、

「は」

と二人して声を上げる。

「本当に息が合っている」

サーリフはくすりと笑うと、視線を藤堂に移しにこやかな顔のまま口を開いた。

「警備部屈指のチームと伺っています。殿下が無事に出国できるよう、守ってください」

「お任せください」

藤堂が敬礼し、皆がそれに続く。

「頼もしい限りです」

サーリフが満足そうに微笑み、ここで彼との打ち合わせは終わりを迎えた。


「我儘な王子様だったわよねえ」

百合と悠真をホテルに残し、残りの四人は二台の覆面パトカーに分乗し職場へと戻ることとなったのだが、助手席に座る姫宮が、運転席の星野に向かい、そう話を振った。

「まあ、イケメンではあったけどさ」

「姫はあの手の濃い顔が好みなのか」

星野がからかい半分、心配半分に問いかける。

「そうね。あんたも顔、濃いもんね」

暗に、馬鹿な心配をするなとわかるような返事をした姫宮の横で、星野が照れた顔になる。

「可愛いもんねえ」

姫宮が思わず苦笑したのに星野は、

「からかうなよ」

と尚も頬を染めたが、すぐに咳払《せきばら》いをし、話題を件《くだん》の王子へと戻した。

「四年前にも国王と共に来日しているが、そのときには特に『我儘』といわれるような行動はとっていなかったんだよな」

「まあ、お父さんと一緒じゃ我儘も言えなかったのかもしれないわよ。それに四年前なら王子は、二十歳《はたち》、まだ学生だったし、世間ずれしてなくて可愛いもんだったんじゃない?」

当時の記録を藤堂チームの皆は閲覧していた。なんの問題もなく終了した警護で、特筆すべき点もなく、あまり参考にはならなかったものの、そこに書かれていた王子と四年を経た二十四歳の王子は、随分と印象が違っていた。

「気分屋でもなんでもいいけど、予定くらい決めてほしいわよね。いきなり明日になって、これから東京スカイツリーに行きたいとか言われたら警護のしようもないし」

「今は凄い混雑だもんな」

それは勘弁してもらいたい、と星野も顔を顰《しか》める。

「ずっとホテルにいてくれたら楽よね」

姫宮はそう言ったものの、まさかそれが実現するとは考えていなかった。

「M商事がどこかに連れ出そうとするだろ。トップとの会食の予定もあるんじゃなかったか?」

「調印式のあとにパーティはあるけど、個別の会食は断ってきたって、ボスが言ってたじゃない」

ちゃんと聞いていなさいよね、と姫宮が星野を睨み、星野が「すまん」と恐縮する。

「あたしたちだって警護につくんだから。しっかりしてよね」

「わかってるって」

星野が更に恐縮したのは、前夜の行為を思い出したためだった。

「……馬鹿……」

それがわかったのか、姫宮がそれまでの勢いはどこへやら、赤面して顔を伏せる。

二人は今、姫宮のマンションに同居していた。以前、星野が任務中に腹を刺される重傷を負った際に、姫宮が面倒を見ると手を上げたので、傷が癒《い》えるまでと星野は彼の部屋で世話になることになったのだが、全快したあとも共に暮らす幸せをお互い手放しがたく思い、同居は継続することになり今に至っている。

前夜、星野は姫宮をベッドに誘った——といっても、二人はいつも一緒に寝ているのだが、業務を考え、セックスは仕事に差し支えないようにと回数や日程を決めていた。

その前の晩、悠真の歓迎会で星野はワインを飲みすぎ、撃沈してしまったのだが、その夜がちょうど『セックスしても差し障りのない日』であったため、朝、目覚めてから、

「寝てしまった————！」

と絶叫するほどのショックに見舞われていた星野は、昨夜《ゆうべ》、『振り替えを頼めないか』と

姫宮に提案したのである。

「明日は王子の警護じゃない」

「一回だけ！　一回だけにするから」

頼むよ、と散々頭を下げられた姫宮自身、星野と抱き合いたくもあったので、渋々、といったふうを装い了承し、二人の閨《ねや》での夜が始まった。

星野と姫宮、二人ともゲイではなかった上に、どちらかというと常に姫宮が何においても主導権を握っているため、気持ちが通じ合い、愛情の高まりからそうした行為に耽《ふけ》るようになったあとも、星野はなかなか姫宮を『抱く』ことができずにいた。

互いの雄を扱き合い、時に口でし合って終わる。そんな行為を続けていたのだが、あるとき姫宮が、

「なんで挿《い》れないの？」

と星野にストレートに尋ね、ベッドの中の二人の行為は新局面を迎えた。

「もしかして、あたしが挿れる側なの？」

それはそれでいいけど、と告げる姫宮に、星野は、

「えーっ」

と心底仰天した声を上げたのだが、すぐ、

「冗談よ」

と笑われてしまった。

「別にあたしが挿れてもいいんだけど、あなたはあたしに挿れたくないの？」

揶揄《やゆ》するようで、実は随分と追い詰められている様子の姫宮を前に星野は、未経験と遠慮を理由になかなか一歩を踏み出せなかった自身を恥じ、姫宮に心の中で詫びつつも、

「そんなわけがないじゃないか！」

と力強く言い切った。

「ずっと抱きたいと思っていたよ！」

「なら抱けばいいじゃないのよ」

いつものように強気の態度を貫いてはいたが、そんな姫宮の顔には安堵の色があった。星野にその望みはある。男であれば『抱く』ことには当然ながら抵抗はないが、『抱かれる』ことには抵抗があるのではないか、と姫宮を案じるあまり、今まで言い出せずにいたことを、星野は心の底から悔いていた。

もっと早くに、そして自分から言えばよかった。そう思いながら星野は姫宮を真っ直ぐに見つめ、

「姫を抱きたい……いいか？」

と真摯に問いかけた。

「…………」

それを聞き、姫宮は一瞬泣きそうな顔になったもののすぐに、

「さっきから何回、いいって言ったと思うのよ」

散々言ってるじゃないの、といつもの強気モードに入り、自ら両脚を開いて膝《ひざ》を立てた。

「……姫……」

あられもない姿に、星野の雄がどくんと熱く震える。

「見てないで、ほら……」

恥ずかしいじゃないの、と悪態をつきながらも頰を染める姫宮の可愛らしさに、淫らなその姿勢に、星野はがむしゃらに突き進むことだけはすまいと己の心に言い聞かせ、姫宮の両脚を抱えるようにして彼の下肢に顔を埋めた。

初めての行為ではあったが、本やネットでやり方は学んだ。まずはリラックスさせ、脱力したところに後ろへと指を挿入して中を解す。

潤滑油のようなものがあればいいが、今更取りに行くのもなんなので、本で読んだ他人の体験談から学んだ方法をとることにした。

興奮し、勃ちかけていた姫宮の雄を口へと含む。

「……だから……っ」

フェラチオじゃなくて、挿れなさいよ、とでも言おうとしたらしい姫宮が、言葉を続けられなくなったようで、う、と息を吞《の》んだ。

星野も藤堂チームに抜擢されるだけのことはあり、基本、優秀かつ器用な男である。なので経験はないものの知識上は、男同士のセックスについて精通していた。

相手に苦痛を与えず、より大きな快感を与えるには、前立腺を攻めればよい。そのためには、と、星野は姫宮の先走りの液で濡れる竿を扱き上げ、続いてその指を後ろへと這わせていった。

つぷ、と蕾に指の先端が挿ると、姫宮は、びく、と身体を震わせたが、すぐに星野に身を委《ゆだ》ねてきた。

強張りそうになる身体から力を抜こうと、深く息を吐く。その音を頭の上で聞いた星野は、性的興奮が煽られると同時に姫宮への愛情がこの上なく自身の胸の中で膨らんでいくのを感じていた。

一つになりたい。そう願ってくれる姫宮が愛しく、そして可愛くてたまらない。そんな彼に苦痛は最小に、快楽は最大にという心がけを忘れずにいよう。そう思いながら星野はゆっくりと、姫宮の中に挿入した指を動かしていった。

口淫を続けながら指を動かし、前立腺を探す。自分にもあるはずだが、意識したことがないのでどこにあるのか今一つ把握してはいない。確実に快感を得られるというその場所を探さねば、と星野は口を動かしながら注意深く指先で姫宮の中を弄っていった。

「あっ」

星野の指が入口近くのコリッとした部分に触れると、姫宮の口から危うげな声が漏れ、びくん、と身体が震えた。彼の雄が星野の口の中で、どくん、と脈打つのもわかる。

ここか、と察した星野は、その部分だけを重点的に指で圧し始めた。

「ん……っ……や……っ……あ……ん……っ」

姫宮の危うげな声は、得たことのない感覚を訝《いぶか》ってのものらしかった。やがて彼の声ははっきりと快楽を物語る喘ぎへと変じ、星野をほっとさせた。

声だけでなく、ベッドの上でもどかしげに身を捩るその動きからも、うっすらと汗ばんできた肌からも、姫宮の得ている快感がいかに大きなものかを星野は察することができた。

ものの本によると、じっくりと慣らしてやればやるほど、苦痛は少なくなるとのことだったので、星野は乱れる姫宮の姿に自身の欲望を煽られながらも、丹念さを心がけつつ指を動かし続けた。

二本目の指を挿入したときには、最早姫宮の身体が違和感から強張ることはなかった。三本目を比較的間をおかずに挿入させても大丈夫だった。

三本の指で散々中をかき回したあと、喘ぎ疲れた素振りも見える姫宮の様子から、そろそろ大丈夫かと判断した星野はそっと指を引き抜き雄を口から離して身体を起こした。

「や……っ」

姫宮の腰が大きく捩れる。彼の雄の先端からは、透明な液が滴っていた。

星野が両脚を抱え上げると、姫宮はじっと星野を見上げてきた。

「……っ」

欲情に色白の頬が紅く染まり、瞳が酷く潤んでいる。

この顔を見ただけでもいける、と、思わずごくりと唾を飲み込んでしまっていた星野は、いや、本番はこれからだ、と心の中で呟くと更に姫宮の両脚を高く抱え、露わにした後孔にすでに勃ちきっていた自身の雄をずぶ、と挿入していった。

「……っ」

亀頭の部分が挿ったとき、指とは比べものにならない太さに、姫宮の身体は一瞬強張った。が、星野が、

「大丈夫か?」

と見下ろすと、姫宮はにこ、と笑い、はあ、と深く息を吐いた。

「大丈夫よ」

頷いたあと、姫宮が少し迷った素振りをし、口を閉ざす。

「?」

何を言おうとしたのか、と星野が目を見開いたと同時に姫宮が口を開いた。

「きて、ランボー」

「……それは……っ」

反則だ、と思わず達しそうになってしまった星野は慌てて気を引き締めると、姫宮の脚を抱え直し、ゆっくり、ゆっくりと腰を進めていった。

やがて二人の下肢がぴたりと重なったとき、姫宮も、そして星野も互いにほっと安堵の息をついた。

「……動いても大丈夫か？」

「大丈夫よ」

うん、と姫宮が頷いたのをきっかけに星野ができるだけ負担をかけぬよう気をつけつつ、ゆっくりと律動を始める。

「……っ……ん……っ」

姫宮はぎゅっと目を閉じ、唇を嚙み締めていた。が、抜き差しのスピードが上がるうちに彼の唇は解け、快楽を物語る声が漏れ始めて、案じていた星野を心底ほっとさせた。

「あっ……あぁ……っ……あっ……あっ……」

突き上げの速度が上がり、勢いがつく。肌がぶつかるときにパンパンと高い音が響き渡る合間に、姫宮の声が聞こえることに星野はこの上ない喜びを感じていた。

「もう……っ……あぁ……っ……もう……っ」

射精を堪えていた星野に、姫宮が懇願するような声で呼びかけてくる。姫宮の快感を長引かせたい思いからいくのを堪えていたが、堪えすぎたか、と星野はすぐに反省すると、片脚を離し姫宮の勃ちきった雄を握り締めた。

「あーっ」

一気に扱き上げてやると姫宮はすぐに達し、白濁した液を星野の手の中に飛ばしてきた。射精を受け、彼の後ろがきゅっと締まる。

「く……っ」

その刺激に星野もすぐに達し、姫宮の中にこれでもかというほど精を注いでしまった。

「ご、ごめん」

外に出すつもりだったのに、と慌てて詫びた星野の背を、姫宮が両手両脚で抱き締める。

「いいのよ……しばらく……こうしていましょ」

乱れる息を抑えながら姫宮がそう告げ、星野に笑いかけてくる。

「姫……」

なんという愛らしさだ、と星野は感動すると同時に、自身の雄が姫宮の中で急速に硬さを取り戻していくことを堪えられずにいた。

「……タフね、あんた」

姫宮が呆れた口調でそう言い、星野を見上げる。

「……ごめん……」

「まあ、いいわ。あたしもタフさでは負けてないから」

でももうちょっと待ってね、と姫宮は笑い、息を整えたあとに第二ラウンドが始まった。

そんな『初回』を迎えた彼らではあったが、『負けてない』はずの姫宮の体力はやはり星野には少し及ばず、二度はともかく三度目を迎えると翌日の仕事に差し障ることもわかった。

なので二度、と回数を決めると、星野は了解したものの、結果、一回の濃度が濃く、長くなって、あまり『三回』と体力の消耗度は変わらなくなった。それで姫宮は、週に三回、と日数も決めるようになったものの、互いを求める気持ちはそれぞれに強いために、任務に差し障りのない範囲でそのルールはたびたび破られた。

昨夜もまた、ルール違反をしたバツの悪さから、二人顔を見合わせ苦笑したのだった、と車中で姫宮と星野は目を見交し、またも苦笑を漏らす。

「気を引き締めていくわよ」

「わかってるって」

頷き合う二人の間には、互いへの愛情と同等の、バディとしての信頼感が溢れていた。

4

　翌朝六時に、星野と姫宮は藤堂と篠の二人と王子の警護を交代すべく宿泊先のホテルへと向かった。

「ご苦労」

　寝ていないことなど少しも感じさせない、すっきりした顔をした藤堂が、二人に敬礼する。

「王子の今日の予定は決まりましたか？」

　姫宮の問いに答えたのは篠だった。

「なんの連絡もありません。昨夜の夕食も部屋でとり、外には一歩も出ていない状態が続いています」

「外出の予定が決まったらすぐに連絡を入れてくれ。それではあとを頼む」

　藤堂はそう言い目礼すると、篠を「行くぞ」と促しその場を去っていった。

「十二時まで、外出しないでくれると助かるな」

ドアの前という持ち場につきながら星野が小声でそう姫宮に告げる。

「体調が悪そうではなかったわよね。さすがに今日は出かけるんじゃないの？」

姫宮も小声で答えたが、ふと何か思いついた顔になった。

「どうした」

抑えた声で星野が問いかける。

「部屋から出ないのに理由があるのかも」

「たとえば？　命を狙われているとか？」

先回りをし、星野が問いかけるのに姫宮が頷く。

「今、B国の政情は安定してるとはいえないからね」

「外務省の友人から聞いたんだったよな。ってことは外務省もわかってんだろ？　なのになんで警護の人数減らすかね」

わけがわからない、と星野が首を捻《ひね》る。

「国内では危険に晒されていても、海外では安全と思ってるとか？　まさかね」

姫宮もまた抑えた声で答えたが、そのとき部屋の扉が開いたので二人の会話は仕舞いになった。

「おはようございます」

顔を覗かせたのは、王子の腹心の部下であるサーリフだった。

「おはようございます」

「おはようございます」

姫宮と星野が敬礼して応える。

「殿下より、お二人と共に朝食をとりたいとのお言葉がありました」

「は?」

サーリフが淡々と告げた言葉に、驚きの声を上げたのは星野だった。

「我々には警護の仕事がありますので」

姫宮がそんな星野を一瞥《いちべつ》し、丁重に断りの言葉を口にする。

「構わない、同じテーブルにつきながら守ればいいだけのことだ——殿下はそうおっしゃっています」

「………………」

自分が固辞したことを、サーリフは王子に伝えることなく、それに対する王子の言葉を語っている。

彼自身の意見ではないのか、と思った姫宮の考えは、言葉にすることなくサーリフには通じたらしい。

「殿下から命じられましたときに、SPのお二人は任務中ですからお断りになるのでは、と申し上げたところ、そのようにおっしゃられたのです」

「失礼しました。それでは遠慮なく」

姫宮が頭を下げつつ、王子の誘いを受ける。

「おい、姫」

いいのか、と驚きの声を上げた星野を姫宮はじろりと睨むと、

「よろしくお願いします」

とサーリフに再び頭を下げた。

「すぐにお支度を調えます」

サーリフもまた一礼し、部屋に戻っていく。

「姫」

「面白いじゃない。多分王子はあたしたちに話があんのよ」

それを聞こうじゃないの、と姫宮が星野に笑いかけた。

「一応、ボスに連絡しとくか？」

「あとにしましょ。確実に怒られるから」

姫宮が肩を竦め、星野も「違いない」と笑う。

「話ってなんだろうな」

「想像もつかないわね」

二人して小声で会話を続けること五分、再びドアが開き、サーリフが二人を中に招き入れた。

「…………」

「…………」

室内に足を踏み入れた途端、姫宮と星野が絶句する。というのも二人は王子の朝食をホテルのルームサービスだと思っていたのだが、王子は国から料理人を帯同したらしく、テーブルの上には朝だというのに所狭しとあらゆる種類の料理が並んでいた。

エスニックあり、和食あり、フレンチありイタリアンあり——しかし広々としたテーブルに用意された椅子《いす》は三つで、これだけの量を三人で食べるのか、と姫宮と星野は唖然としつつ顔を見合わせる。

「ようこそ」

と、そのとき奥の部屋の扉が開き、マジード王子が颯爽《さっそう》と登場した。

「良太郎、そして一人。朝から私のためにありがとう」

「おはようございます、マジード殿下」

「おはようございます」

にこやかな王子に、姫宮と星野は揃って頭を下げその場でかしこまった。

「さあ、共に食事をとろう。二人の好みがわからなかったため、いろいろ取り揃えた。好きなものを給仕に命じるといい」

『殿下』呼びをしてしまった、と姫宮は内心冷汗をかいたが、王子は気にする様子もなく最上座の席につき、二人に椅子を勧める。

「ありがたきお言葉」

「恐れ入ります」

恐縮しつつ姫宮と星野は席につくと、王子がサーリフに給仕をさせるのを待ち、それぞれの傍らにつく給仕役のアラブ人の若者に、食べたいものを告げた。

姫宮はトーストとサラダを、星野はカレーを頼む。

「外してくれ」

サーブを終えた給仕役の若者たちに王子が告げると、彼らは深く頭を下げ部屋を出ていった。

室内には王子とサーリフ、それに姫宮と星野だけが残された。

「さて、良太郎」

王子がにこやかに笑いながら姫宮に話しかけてくる。

「責任者である祐一郎に話がある。すぐに呼び出してくれ」

「は？」

唐突な王子の依頼に、姫宮は一瞬戸惑いの声を上げたが、すぐ、

「わかりました」

と返事をし「失礼します」と断ってから携帯電話をポケットから取り出した。

「ボス、殿下がボスにお話があるそうです」

応対に出た藤堂にそう告げる。

『わかった』

藤堂は即答すると、今は警視庁にいるので二十分後に到着する、そう王子に伝えるよう言って電話を切った。

「二十分後に到着するそうです」

「わかった。話はそれからだ」

王子は笑顔で頷くと、それまでは朝食に専念しよう、と二人に食事を勧めた。

「お待たせしました」

藤堂はジャスト二十分後に部屋に現れた。当然ながら篠も一緒である。

「おお、待っていた。祐一郎は昨夜の担当だったと目覚めたときにサーリフに聞いたものでな。知っていれば昨夜のうちに話をしたものを。二度手間になり申し訳なかった」

「いえ、お気になさらず。それよりお話というのはなんでしょう」

藤堂が丁重な態度を貫きつつも、淡々と問いかける。王子はそんな彼を前に満足そうに微笑むと、

「実は祐一郎に頼みがある」

と切り出した。

「私の命を狙う者がいることは祐一郎、お前ならすでに承知していると思う」

「なんでしょう」

「……………」

王子の発言は、その場にいた皆を凍らせるものであったが、藤堂は顔色も変えずにじっと王子を見返していた。

「なので連中に罠《わな》を張りたいのだ。わざと危険な場所に出向き、彼らの出方を見たい」

「それはお断りいたします」

王子の提案は姫宮や星野、そして篠を驚かせるものだったが、藤堂に驚きはなかったのか、相変わらず淡々とその依頼を退けた。

「なぜだ」

王子が不満げな様子で藤堂に問いかける。

「殿下の警護を担当する者として、あえて危険に晒されるという状況に殿下の身を置くことはできません」

「固いことを申すな。私がいいと言っているのだ」

今や王子はあからさまにむっとした声を上げていた。一国の王子を怒らせているというのに、藤堂はどこまでも冷静だった。

「殿下の身をお守りすることが我々の職務です」

「もうよい。それでは担当を替えてもらう」

王子はすっかりへそを曲げていた。希望が通らなかったことに腹立ちを覚えている様子の彼に、藤堂がまた、冷静に言葉をかける。

「SPを替えたとしても、殿下の希望が通ることはあり得ません。日本の警察は金で動くような組織ではありません」

きっぱりと言い切った藤堂を前にし、王子の顔色がさっと変わったのを皆、見逃さなかった。

「ボス」

姫宮が藤堂を案じる声を上げ、星野もまた心配そうに藤堂を見やる。藤堂はそんな彼らに大丈夫だ、というように頷くと、改めて王子に向かい深く頭を下げた。

「SPの交代は私から上司に伝えましょう」

失礼いたします、と藤堂が部屋を辞そうとする。篠が彼に続き、姫宮と星野も続こうと、慌てて席から立ち上がった。

「立たずともよい」

と、そのとき王子の凛《りん》とした声が室内に響き、姫宮と星野は驚いて顔を見合わせた。

「私は第一王子だぞ」

王子が藤堂を真っ直ぐに見据えながら憮然《ぶぜん》とした態度で口を開く。

「存じております」

頭を下げる藤堂に対し、尚も厳しい王子の言葉が響いた。

「傍若無人……いや、慇懃《いんぎん》無礼というのか。こういう場合は」

「お気に障ったのでしたら謝罪いたします」

王子の前で藤堂は一段と深く頭を下げたあと、すっと身体を起こし真っ直ぐに王子を見据えた。王子もまた、真っ直ぐに藤堂を見つめ返す。

暫しの沈黙が流れたが、その沈黙を破ったのは王子だった。

「殿下」

「ＳＰの変更はしない。今日は一日、ホテルにこもる」

以上だ、と言い捨て、王子は立ち上がるとそのまま彼の寝室へと向かっていった。

サーリフが慌てた様子で王子のあとを追う。

「……ボス……」

バタン、とドアが閉まる。それを待ち、姫宮が藤堂に声をかけた。

「正午までの警護、よろしく頼む」

藤堂が眼鏡のレンズ越しににっこりと微笑んだあと、篠に視線を戻す。

「戻るぞ」

「かしこまりました」

慇懃に礼をする篠を従え藤堂が部屋から消えたあと、姫宮と星野は持ち場へと戻ろうとしたのだが、それを早々に戻ってきたサーリフに拒まれた。

「殿下より、お二人にご朝食をとっていただくようにとのお言葉がありましたので」

中座の必要はない、と押し切られ、二人は贅沢《ぜいたく》な朝食を終えてから定位置に戻ることになったのだった。

ちょうど昼食の時間がかかる、次の百合と悠真の受け持ち時間にも、二人に昼食が振る舞われた。

王子も同席したが、最初から最後まで陽気にしており、百合と悠真を戸惑わせた。

貴人から直接話しかけられることに慣れていない悠真が時折言葉に詰まるのを、百合が見事にフォローするのを見た王子は、

「バディ制というのは素晴らしいものだな」

と心底感心しているような声を上げ、二人を褒めそやした。

午後六時に、藤堂と篠に警護は交代となった。

「結局、明日の調印式までマジード王子は一歩もホテルを出ないおつもりのようですね」

午後十時を回る頃、篠が藤堂にそう声をかけたのは、逆に何か感じるものがあったのかもしれない、と、藤堂はあとから思った。

返事をしようと口を開きかけたとき、携帯電話が着信に震え、ポケットから取り出しディ

スプレイを見る。

かけてきたのが百合とわかった瞬間、藤堂は応対に出ていた。

「どうした」

『……ボス、至急水嶋さんの店に来てください』

藤堂が今、王子の警護中であることは、百合も当然わかっているはずだった。何より優先すべき仕事に携わっているときに、携帯に連絡など入れてこない。それが普通であるはずなのに、あえて電話をしてきただけでなく、すぐさま持ち場を離れろと言ってくるとは、と藤堂は咄嗟《とっさ》に頭を働かせた。

「もしや」

可能性は一つしかない、そう思いながら電話に向かって問いかける。と、電話の向こうから抑えた溜め息と共に百合の声が響き、自身の予想が正しかったことを藤堂は知ったのだった。

『マジード殿下がいらしてます』

「わかった。すぐ向かう」

そう答えると藤堂は百合の返事を待たずして電話を切った。

「祐一郎様」

篠には百合の声が届いていなかったらしく、心配そうに藤堂に声をかけてくる。

「緊急事態だ。お前はここで待機してくれ」

説明している時間が惜しい、と藤堂はそれだけ言い置くと、

「かしこまりました」

と返事をする篠を振り返りもせず、足早にエレベーターへと向かった。

ホテルの見取り図は頭に叩き込んであった。王子のいる部屋へは、警護している自分たちの前を通らずに入ることはできない。宿泊フロアが高層階であるため、窓はすべてはめ殺しであるし、侵入の経路はないと思っていたが、脱出の経路はあったらしい。

どうしてチェックから漏れたのか。自分としたことが、と唇を噛みながらも藤堂は、なぜ王子が水嶋の店に現れたのか、それを考えていた。

可能性としては一つのみ、朝、自分たちに下し断られた命令を、いまだに王子は諦めていないということだろう。

この状況では断るのは難しいな、と密かに溜め息をつきつつ、藤堂は覆面パトカーを走らせ築地のレストランへと乗りつけた。

店のドアには『closed』の札がかかっている。いつもは深夜過ぎまで開いているというのに、先日の会合といい、今夜といい、水嶋には迷惑ばかりかけている、と申し訳なく思いながら藤堂は店のドアを開いた。

「やあ、祐一郎!」

店主の『いらっしゃい』より前に、陽気に声をかけてきたのはマジード王子だった。

「……殿下」

その姿を見た藤堂の口から驚きの声が漏れる。

「悪く思うな。お前たちの目を謀《たばか》らなければ外には出られなかった」

肩を竦めてみせた王子の服装は、彼が宿泊しているホテルの従業員のものだった。夕食に王子はルームサービスをとっていたが、そのときに入れ替わったのか、と納得するも、それに気づかなかったことを猛省する藤堂に、王子が気の毒そうに声をかける。

「部屋を出る際、お前たちの目に触れぬよう細工をした。あれで気づくことができれば祐一郎、お前はエスパーだ」

「細工……?」

問い返したと同時に藤堂は、ルームサービスを下げるためにボーイたちがやってきたとき、サーリフに室内に呼ばれた事実を思い出した。

王子は寝室で食事をとっているとのことで、次の間となる室内にはサーリフと他の臣下たちしかいなかったのだが、そこで藤堂はサーリフより、明日の調印式での警護プランの説明を再び求められたのだった。

その際、サーリフは藤堂と篠を意図的に王子の寝室へと通じる扉に対し背を向けるよう、誘導した。とはいえ、その場では気づかなかったのだが、と藤堂は溜め息を漏らし首を横に振った。

「なんにせよ、気づくべきでした。殿下のお人柄を読み切ることのできなかった自分を恥じております」

「祐一郎、名を呼んでほしいと言ったはずだ」

王子がむっとした様子で藤堂を睨む。

「最早殿下は、SPを交代せよとはおっしゃらないと思われますが」

だが藤堂がそう言うと、王子は一瞬鼻白んだものの、すぐに大きな声で笑い始めた。

「これはいい。ミスター・藤堂。君は相当負けず嫌いだね。まあ、そうでなければ精鋭中の精鋭といわれるSPの中で最高峰といわれはしないだろうからね」

「最高峰ではありませんが、負けず嫌いではあるかもしれません」

「そういう男は非常に好みだ。やはり私は祐一郎と呼ばせてもらおう」

あはは、と更に機嫌よく王子は笑うと、

「座ってくれ」

と、すでに百合と悠真、それに姫宮と星野が座っていたテーブルに藤堂を誘《いざな》った。

「ボス」

百合が口を開こうとする。王子がこの場に現れた状況を説明しようとしたのだろうと藤堂は察したが、それより前に王子が説明を始めていた。

「この店に皆が集っているという情報はサーリフが調べ、教えてくれたのだ。今、彼は私の身代わりとなりホテルの部屋にいる」

「優秀な臣下をお持ちですね」

藤堂がじろ、と部下たちを睨む。ここにいることが知れたということは誰かに尾行がついたことを意味する。気づかなかったのかと言いたい藤堂の意図は全員に伝わったらしく、皆が、違う、というように首を横に振った。

「彼らに罪はない。サーリフは空から見ていたのだから」

「空?」

藤堂が戸惑いの声を上げたのと、百合が、

「あ」

と声を上げたのが同時だった。

「飛行船!」

「そういやずっと上空にいましたね」

続いて星野も声を上げる。

「飛行船をチャーターしてあたしたちを監視していたっていうの?」

なんてこと、と姫宮もまた驚きの声を上げたあと、やれやれ、というように肩を竦めた。

「石油で潤う国の人は、使うお金が半端ないわね」

「はした金と言う気はない。目的のためには手段を選ばないだけで」

王子も肩を竦め返し姫宮をはじめ皆に笑いかけた。

「説明する間もなく正解に辿り着くとは、さすが祐一郎の部下たちは優秀だ」

「ありがとうございます」

藤堂は軽く頭を下げると、すぐに顔を上げ、

「それで」

と王子に問いかけた。

「ん？」

王子が魅惑的な笑みを浮かべ、藤堂を見る。

「篠がいなくてよかったぜ」

ぼそ、と百合が呟く。

「ん？」

王子は百合に注目しそうになったが、藤堂が、

「我々にお話があるのでは」

と問いかけると、視線を彼へと戻し口を開いた。

「言っただろう？　私の命を狙っている連中をあぶり出したいと。その協力をしてほしい」

「私も申し上げたはずです。ＳＰとしてマルタイを——失礼、殿下の身を危険に晒すことな

どできないと」

藤堂がきっぱりと言い切ると、王子は、

「頑固だな」

と笑いながらも厳しい目で藤堂を睨《ね》めつけた。

「……っ」

鋭い眼光に、藤堂の隣にいた悠真が、びく、と身体を震わせる。が、藤堂は少しも臆することなく、真っ直ぐに王子の視線を受け止めたまま、また、

「お断りいたします」

と拒絶の言葉を口にした。

「…………」

王子が藤堂を睨んだままむっつりと黙り込む。そのまま沈黙の時が流れたが、その緊迫した沈黙を破ったのは王子だった。

「私の身が危険に晒されないのであれば、協力してもらえるか？」

「それはどういう意味ですか」

いきなりにこやかになった王子を前に、藤堂が戸惑いの声を上げる。

「妙案を思いついたのだ」

王子は今や満面の笑みを浮かべていた。

嫌な予感しかしない、と顔を顰めた藤堂だったが、その彼もまさか王子がそうも突飛なことを考えていようとは想像してもいなかった。

「明日の調印式、私の代わりを皆の中の誰かが務めてくれ。偽の私の命を狙う輩《やから》を他の皆で捕らえる。どうだ？　いい考えだろう？」

「はいーっ？」

まず最初に素《す》っ頓狂《とんきょう》な声を上げたのは姫宮だった。

「無理でしょう」

続いて星野が呆れた声を出し、首を横に振る。

「無理ではない。式典では私は正装をする。アラブの衣装だ。カフィーヤを被るからそれを少しアレンジすれば直前まで顔は見えない」

「本気ですか、殿下」

問いながらも藤堂は、本気に違いない、と内心溜め息をついていた。

「ああ、彼なら私と背格好も同じくらいではないか？」

王子がにっこり微笑み、百合を指さす。

「……っ」

息を呑んだのは百合ではなくまたも悠真だった。当の百合は、やれやれ、というように肩を竦め藤堂に声をかけてくる。

「どうします？　ボス。やれと言うのならやりますよ」

「なっ」

余裕綽々《しやくしやく》、といった表現がぴったりくる百合に反し、悠真は今度はっきりと動揺した声を上げ、きっと無意識なのだろうが激しく首を横に振っていた。

「悠真」

気づいた藤堂が低い声で注意を与えるとはっとした顔になり、今にも消え入りそうな声で、

「すみません……」

と謝罪し、項垂《うなだ》れる。

「祐一郎、どうだ？　君が協力してくれるのであれば、私も君に協力する。きっと君の力になれると思うよ」

「…………っ」

このとき、初めて藤堂が動揺した様子を見せた。

「ボス？」

「どうされました？」

すぐに気づいた皆がそれぞれ藤堂に声をかける。

「…………何をご存じなのです？」

それが藤堂を我に返らせたようで、いつもと同じくクールな口調で王子に問いかけたもの

の、彼の頬は今、ぴくぴくと細かく震えていた。

「おい、藤堂」

百合が藤堂の名を呼び、キッと厳しい目で彼を見据える。

「……時間が欲しいと言ったはずだ」

その百合から藤堂は目を逸らすと、ふう、と小さく息を吐き、すぐに顔を上げた。

「わかりました。協力しましょう」

藤堂が王子にきっぱりと答える。

「しかし、身代わりになるのは私だ」

「ボス！」

「いや、俺が！」

悠真が、そして星野が声を上げ、

「あたしがやるわ！　ちょっと身長足りないけどなんとかなるはず！」

姫宮もまた、挙手して立ち上がる。

「民族衣装着るなら関係ないでしょう？」

「民族衣装ではない、正装だ」

王子が苦笑し、姫宮の言葉に訂正を入れた。

「ボスはいないと目立つわ。それにボスの指示がなければ我々も動き辛《づら》いじゃない。わざと殿下をスナイパーに狙わせるような配置、かつ犯人を逃がさない展開なんて、ボスが直接指揮を執らなきゃ無理よ」

だからあたしが、と主張する姫宮の声を、百合のよく響く大声が遮った。

「俺がやる。王子の指名だからな」

「百合」

堂々と手を上げ、立ち上がった百合が、まず藤堂に頷いてみせる。

「お前が隠したいことが何かは知らない。俺が知らないのに部外者が知っているというのは少々腹も立つが、それには目を瞑《つぶ》ろう」

「一国の王子を捕まえて『部外者』とは、祐一郎の部下は皆、揃いも揃って負けず嫌いだな」

あはは、と王子が楽しげな笑い声を上げる中、藤堂が百合に頭を下げる。

「……すまない。話せるときが来れば必ず……」

「わかってるって。お前が話さないのは自分のためじゃない、俺らのためを思ってるってことくらいはな」

何も言われなくてもその程度のことはわかる、と胸を張る百合を見て、藤堂がはっとした顔になった。

「お前……」

「ポーカーフェイスを崩すなよ、らしくないぜ」

百合がにや、と笑い、藤堂に向かって右手の拳《こぶし》を差し出す。

「カマかけか」

「引っかかるとは思わなんだ」

藤堂も笑って右手の拳を突き出し、二人の拳が軽く空中でぶつかり合った。

「頼む、百合」

「おう」

笑顔で返事をした百合が視線を、藤堂の横で泣きそうな顔をしている悠真へと向ける。

「百合さん……」

「大丈夫だよ、悠真。大抵の危機は藤堂が予測する」

百合が手を伸ばし、悠真の頭をがしがしと撫《な》でる。

「予測不可能なことは、お前が予測してくれるんだろ？　俺はそう信じてるからな」

「……百合さん……っ」

ニッと笑った百合を見つめる悠真の目に、見る見るうちに涙が込み上げてくるのを、その場にいた皆は思わず見つめてしまった。

「美しい信頼関係だ」

皆、遠慮して何も言わない中、あまり空気を読むことが得意ではないらしい王子がそうコメントし、一人満足げに頷いている。

それを白い目で見ながら姫宮が、

「あたしたちが守るわよう！」

と明るい声を上げ、それに星野が続いた。

「百合さんを危険な目に遭《あ》わせるようなことはしない。安心しろ、悠真」

「僕も……っ」

それを受け、悠真が立ち上がり、きっぱりとこう言い切った。

「僕も百合さんを守ります！　そのために一年間、頑張ってきたんだ！」

「お前が頑張ってきたのはマルタイを守るためであって百合を守るためではないぞ」

ここで藤堂の冷静な突っ込みが入り、場が一瞬しんとなる。

「……すみません……」

悠真がバツの悪そうな顔になり詫びたのに、皆、思わず噴き出し、店内は明るい笑いに包まれた。

「確かに。恋人守るためじゃないわよねえ」

「こ、こいびとってっ」

姫宮の揶揄に、悠真が真っ赤になる。

「いいのか？　俺も言うぞ？」

と、横から百合が口を出し、にやにや笑いながら星野に絡んだ。

「な、なんの話ですかね」

「とぼけ方、下手すぎよっ」

馬鹿じゃないの、と胡乱《うろん》な返答をする星野を姫宮がどやしつける。

「……いいチームだな」

わいわいと騒ぐ四人を見ながら、王子が藤堂にそう笑いかけた。

「はい。誰より信頼できるチームです」

藤堂が微笑み、頷いてみせる。

「羨《うらや》ましい。まことに」

言いながら王子は右手をすっと藤堂に向かって伸ばしてきた。

「よろしく頼む」

「お任せください」

藤堂がその手をぎゅっと握り返す。

「ボス！」

「任せてください！」

二人の握手に気づいた藤堂の部下たちがわっと周囲を囲み、口々にやる気に溢れる発言をして寄越《よこ》す。

本当に頼もしい部下たちだ、と藤堂はそんな彼らに笑顔を向けながらも、何かが待ち受けているに違いない明日を思い、緊張感を募らせていた。

5

翌朝十時、調印式の行われる会場で藤堂は王子の――正確には百合の到着を待っていた。

王子と百合の入れ替わりを知る人間は日本側は藤堂チームのＳＰたちのみ、Ｂ国側では王子と彼の腹心の部下、サーリフの二名に限られていた。

変装はすべてサーリフ一人の手で行われる。王子は早々にホテルを抜け出し、今、制服警察官の一人として藤堂の傍《そば》に控えていた。

肌の見える部分にはすべて舞台用のファンデーションが塗られ、日本人として異質に見える褐色の肌が露わになっている部分はない。

ファンデーションは姫宮が調達してきた。肌を塗るだけでなく姫宮は彫りの深い王子の顔をできるだけ平坦に見えるようメイクも担当した。

「逆のほうがどれだけ簡単だか」

ぶつぶつ言いながらも姫宮がやりとげたメイクは実に素晴らしく、ぱっと見、日本人に見える程度には王子の顔を変えることができた。

「さすが、ジャパニーズトラディショナルカブキの名女形なことはあるね」

王子が感心した声を上げ、鏡を覗き込む。

「『女形だった』です」

きっちりと訂正を入れる姫宮に、

「素晴らしい」

と王子は返していたが、その後、大勢の警察官の中に紛れ、存在感を消しているのは彼自身の才能だろうと姫宮は思っていた。

対面する者の視線を捉《とら》えずにいられないオーラを常に発している王子が、今やそのオーラを完全に消している。

身に纏うオーラは、自身の意思で発生させたり消したりできるものではない。生まれついてのものである。

それをいとも簡単に、そして自由自在に操るとは、と、姫宮をはじめ藤堂チームの皆は感嘆していたのだが、彼らも『偽王子』である百合が会場入りしたときには、百合もまたさすがだ、と誇るべき自分たちの同僚に心の中で賞賛の声を上げた。

百合も完璧《かんぺき》に『王子』を演じていた。身に纏っているアラブの民族衣装が、見るからに高級であるというだけではなく、今や彼の全身からは『威厳』が放たれていた。

男性用のアラブの衣装は、特に顔を隠す作りにはなっていない。カフィーヤと呼ばれるスカーフ状の布は通常、顔は露わになるのであるが、今、百合が頭から被っているのは女性もののヴェールに近い布だった。

正式な衣装はこれだといって、異論を唱えることができる人間は長老以外にいない。その長老たちは国に置いてきたゆえ、やりたい放題だと王子は笑っていたが、彼が通常身に纏っている一国の王子としての気品やそれこそオーラを、百合がここまで再現できるとは、正直藤堂チームの誰もが思っていなかった。

調印式本番ではヴェールを上げざるを得なくなるだろう。王子が持ちかけてきた計画は、調印式が始まる前に自分を——百合を攻撃させるというものだった。

果たして上手くいくのか。いかせるしかないのだが、と藤堂がちらと腕時計を見る。王子に扮した百合が入場した際に、自然と会場内で拍手が起こったが、式典の開始は今から五分後だった。

その間に何か起こる可能性はあるか、と藤堂はざっと会場を見渡した。会場内にいる人間すべて、セキュリティチェックを行った。武器を持ち込むあらゆる可能性は摘み取っている。

窓はすべてカーテンで覆い、外からの狙撃に備えた。見渡す外光が漏れている窓はない。偽王子の傍には、悠真と篠が控えていた。万一刃物を手に襲ってくる人間がいたとしても、二人が必ず止めてくれるだろう。

一つ一つを確認し、よし、と藤堂が密かに頷いたときには、式典開始まであと四分となっていた。

ここで藤堂の胸に、焦りが生じる。

何事も、王子の言葉のままに手配してきた。もしも何事もないまま調印式を迎えれば、王子が偽物であることが白日の下に晒される。そうなった場合、一番立場がマズくなるのは王子だが、自分たちも無傷では済むまい。

まあ、皆の身の安全が守られるのなら、立場くらい悪くなってもいいが、と周囲を見渡しながらも藤堂は、なんともいえない違和感を持て余していた。

何かが変だ。だがその『何か』を具体的に思い描くことができない。

その『何か』を早く解明せねば、そう思いはするのだが、ますます違和感は募るものの、これという答えは見えない。

なぜだ、と藤堂が眉《まゆ》を顰《ひそ》めたそのとき、百合の近くに控えていた悠真が突然、

「あっ!」

と声を上げた。

SPがいきなり大声を上げたことで周囲にざわめきが走る。どうした、と藤堂が悠真を見た次の瞬間、悠真が叫んだ。

「殿下が危ない！」

「なんだと？」

疑問の声を上げたときにはもう、藤堂の身体は動いていた。姫宮と星野も駆け出している。皆の向かう先は偽王子の百合ではなく、警察官に扮した本物の王子、マジードのほうだった。悠真の意図がそこにあると察したためだったが、その判断は正しかった。

王子を狙える人物は、と藤堂が目を走らせ、王子が扮しているのと同じ制服を着た警察官がポケットから銃を取り出し銃口を王子に向けつつあるのを見つける。

警察官の身辺調査は完璧にしていた。が、何事においても『完璧』はあり得ないと思い知らされた瞬間だった。

藤堂の銃が躊躇《ためら》いなくその警察官の肩を打ち抜く。阿鼻叫喚《あびきようかん》、という表現がぴったりくる会場内の騒ぎの中、警備部長の声が響く。

「式典は中止！　皆、持ち場に戻れ！」

調印式の警護は、藤堂のチームに一任されているはずであったが、急遽《きゆうきよ》警備部長の参加が決まった。その部長が声を張り上げると、倒れ込んだ狙撃犯を取り囲んでいた藤堂チーム以外の警察官たちは慌てた様子でもといた場所へと戻っていった。

「落ち着いてください。皆さんはこちらから外へ」

警備部長は壇上にいるM商事の役員たちにそう声をかけると、一人その場で立ち尽くして

いた偽王子の――百合の前で足を止めた。

「……百合か？」

カフィーヤの隙間《すきま》から覗く顔を見た部長が眉を顰め問いかける。百合は一瞬たじろいだものの、すぐにカフィーヤをとった。

「王子じゃない！」

「どうなってるんだ？」

退場しつつあった日本企業の役員たちは、突然の発砲に恐れをなし、何が何やらわからない状態のようだったが、王子と信じていた人間が別人であったことに驚き、それで我に返ったようだった。

足を止め、ざわつき出した彼らを横目に、部長が百合を厳しく問い詰め始める。

「どういうことなのか、説明しろ、百合」

「私が身代わりを頼んだのだ。彼にも――祐一郎のチームの人間にもなんの落ち度もない」

と、そのとき、会場内に凜とした声が響き渡ったと同時に、制服姿の王子が深く被っていた帽子を脱ぎながら真っ直ぐに壇上へと向かっていった。

「で、殿下……っ」

姫宮の施したメイクのせいで、最初部長は訝しげな顔をしていたが、さすがに近くまで来ると気づいたらしく、はっとしたようにその場で姿勢を正した。

「彼らは私の命を守ってくれた。それで充分であろう」

「は、はあ、しかし……」

ここで部長が何か言おうとするのを、王子はぴしゃりと窘《たしな》めた。

「いいな？　祐一郎たちに責任はない。式典が中止であるのならすぐにホテルに戻ることにしよう。彼らに警護を頼むがよいな？」

「は、はあ……」

『よい』と言いたくはないのは顔を見ればわかったが、王子相手に口答えはできなかったようで、警備部長が渋々頷く。

「祐一郎、帰るぞ」

その頃にはすでに、藤堂が逮捕した狙撃犯は警察官により室外へと連れ出されていた。藤堂をはじめ、彼のチームの人間全員が王子へと駆け寄っていく。

「命を救ってもらった礼を言う」

「任務ですから」

ご無事でよかったです、と頭を下げる藤堂は浮かない顔をしていた。

「……さあ、戻ろう。警護を頼む」

王子は一瞬何かを言いかけたが、その場では何も言わず、ざわついている室内を一瞥したあと、笑顔で藤堂に声をかけ、自分が先に立ってドアへと向かい歩き始めた。

「行くぞ」

藤堂が声をかけ、王子の背後につくと同時に、悠真、姫宮、星野、篠、それに王子に紛した百合がざっと駆け出し二人を取り囲む。

そのまま一行は会場をあとにし、王子が宿泊しているホテルへと戻ったのだが、王子はそのまま彼らをホテルの部屋へと招き、他の人間は全員締め出した。

「なぜ、バレた？」

開口一番、そう告げたのは王子だった。

「私はお前たちを信頼している。一体なぜ入れ替わりがバレたんだ？」

「入れ替わりを知る人間は我々以外誰もいないはずです。なのに狙撃犯は殿下の近くに陣取っていた。なぜ情報が漏れたのでしょう」

「誰か漏らした人間がいるとしか思えない……が、あり得ない話だ。そうだろう？」

王子が真っ直ぐに藤堂を見つめ、問いかける。

「はい」

藤堂が頷くと王子もまた、頷き返した。

「祐一郎のチームの皆と、私とサーリフ。ごくごく限られた人間のみしか知らないことが、なぜ狙撃犯に知られたのか……」

「殿下と百合が入れ替わりの変装をそれぞれにしたホテルのこの部屋には、監視カメラの類《たぐい》は一切ございません」

　再度調べますが、と篠が遠慮深く口を挟む。

「狙撃犯を警察官の一人として潜り込ませるには、入れ替わりを今日知ったのでは手配が難しいだろう。警察官の身元チェックも厳重にしているしな」

　そのチェックの目をかいくぐるのには、非常に精巧な身分証の作成が必要となる。そのような作業は一瞬にしてできないだろうから、と藤堂は説明をしかけ――。

「………」

　あることを思いつき、絶句した。

「ボス？」

「いかがされました」

　姫宮が、篠が、顔色を変えた藤堂に気づき声をかけてくる。

「……………いた。一人、この計画を知る部外者が」

　暫しの沈黙のあと、藤堂が低く告げたその声は少し掠《かす》れていた。

「誰？」

「……あっ」

　姫宮が問う横で、星野が、はっとした顔になる。彼も気づいたか、と、藤堂は星野と、そしてすでに気づいている様子の篠や百合へと視線を向け、そうだ、と頷いてみせた。

「誰よ」

姫宮が眉を顰め、星野を問い詰める。

「誰だ」

王子もまた藤堂を真っ直ぐに見据え、厳しい声を出した。

「……昨夜、我々がこの計画を練った場所の……店主です」

「ええっ！　水嶋さんがっ？」

うそ、と姫宮が大きな声を上げる。

「おい、姫！」

王子の前だぞ、と星野に窘められ、姫宮は慌てて口を押さえたものの、動揺激しいらしく、

「どういうことなの？」

と小声で星野に問いかけた。

「わからない……というより、信じられない」

星野もまた小声で答え、首を横に振る。

「だがそれしか考えられない」

星野に答えたのは藤堂だった。そう告げたかと思うと藤堂が王子に向かい一礼する。

「失礼いたします。今、確かめて参ります」

「ボス！」

「我々もっ！」

姫宮と星野が続こうとしたが、それを藤堂は許さなかった。

「殿下の警護はどうする」

藤堂が厳しく言い捨てると、そこに扮装を解いた百合が彼の前に立ちはだかった。

「俺も行く。水嶋さんには散々世話になったしな」

「………」

藤堂は一瞬、どうしようかと迷う素振りをしたが、すぐ、

「わかった」

と頷き、篠を振り返った。

「悪いがあとを頼む」

「かしこまりました。いってらっしゃいませ」

藤堂は篠を同道させる予定だったが、百合の申し出で彼に変更することにした。篠にもまだ藤堂はなんの事情も説明していない。だが篠は、それについて何を言うでもなく、いつものように静かに答え頭を下げただけだった。

「悪いな、篠」

百合が申し訳なさそうな顔をし頭を掻く。

「いえ」

篠は笑顔で首を横に振ると、どうぞいらしてください、というように目で百合を促した。

王子は藤堂にもう何も問うてこなかった。何かをじっと考えているような彼の表情は気になったものの、やはり先にこっちだ、と藤堂は百合を伴いホテルの部屋を走り出た。


覆面パトカーの運転は百合が担当した。

「どういうことなのか、いい加減話してくれてもいいだろう？」

ハンドルを握りながら百合が横目で助手席に座る藤堂を見やる。

「………そうだな……」

藤堂は抑えた溜め息を漏らすと、言葉を選ぶようにぽつりぽつりと話し始めた。

「……警護課から人事部に異動になった桜井《さくらい》警部補、先月末依願退職しただろう」

「ああ、田丸班の実力派若手だったな。謎《なぞ》の異動だったが、退職意思を上司に伝えていたための異動だと聞いていたが……」

百合はそこまで言ったあと、はっとした顔になった。

「違ったのか？」

「ああ、暴力団関係者から裏金を受け取っていた。情報提供料として」

「なんだって?」

百合が仰天した声を上げ、驚きが大きすぎたせいか思わず急ブレーキを踏んでいた。

「危ない」

藤堂に叱責《しっせき》され、百合が我に返った顔になる。

「すまん」

「まあ気持ちはわかる。私も驚いたからな」

藤堂は肩を竦めると話を続けた。

「発覚は当該の暴力団員の別件逮捕だった。上層部はその事実を揉《も》み消した。SPが裏金を受け取っていたなどと世間に知られるわけにはいかないと。私はそれに反対した。だが上層部は私に口を閉ざすよう要求してきた。世間に知らせ下手に動揺を煽るよりも密かに処分するほうが国民のためだと諭された」

「気持ちはわからないでもない……が、正しくはないよな」

百合が複雑な顔で相槌《あいづち》を打つ。

「ああ。正しくはない。だが、不正が桜井警部補に限られることなら口を閉ざすのも致し方ないと思うこともできた……かもしれない」

「なんだと?」

またも百合が驚きの声を上げ、藤堂の顔を覗き込む。

「……そうだ。桜井は上司の罪を被せられた。それがわかっているのに口を閉ざすことはできなかった」

「……トカゲの尻尾《しっぽ》切りか。桜井はなんだって罪をひっ被ったんだ？」

「彼の子供が難病にかかっていてね。アメリカでの移植手術を引き替えに退職を了承したらしい」

「裏はとったんだな」

「ああ」

頷いた藤堂に百合は「そうか」と溜め息交じりの相槌を打った。

「上層部にそれをぶつけた。が、彼らの反応は『そのような事実はない』というものだった。ある意味予想はできたが、その後彼らは私の口を封じようとしてきた。なに、物騒な話ではない。退職に追いやろうとした」

「あまり言いたくはないが、お前のバックグラウンドをもってすれば上層部に対抗することができたんじゃないか？」

百合が言いにくそうにそう告げる。

「祖父が生きていれば、或いは……だが、生きていたとしても頼るつもりはなかったが」

「お前はそうして、一人で背負いすぎるんだよ」

やれやれ、と百合は溜め息をつくと、ギアを入れ替え車を発進させた。

「黙っていたのも、俺らに上層部の圧力がかからないようにという判断からだろ?」

「……お前たちを守るのも私の役目だ」

「俺らも守られているだけの存在じゃないぜ?　だって俺たち、チームだろう?」

「………百合………」

藤堂が百合の名を呼ぶ。百合はパチ、と片目を瞑ると、

「確かにお前は俺たちの上司でもあるが、仲間であることに変わりはないんだから」

と告げ、アクセルを踏み込んだ。

「……私は間違っていたのかもしれないな……」

ぽつん、と藤堂が呟く。

「ああ、間違ってた。もう間違えるなよ」

百合が笑いながら相槌を打つ。

「さすが百合だ。容赦ないな」

ふふ、と藤堂は笑ったが、その顔は最近の彼には見られなかった、実に晴れやかなものだった。

「……それにしても、なぜ水嶋さんが……なあ?」

百合の問いかけに藤堂が、

「なぜだろうな」

と首を傾げる。

「だいたい、本当に水嶋さんなのか？」

「消去法でいくと彼しかいない。計画を知っているのは我々と王子、そして臣下のサーリフ以外は水嶋さんしかいない」

「直接本人に聞くしかないな」

はあ、と百合が溜め息を漏らす。

「嫌な役目だ」

藤堂もまた溜め息を漏らし、前方に見えてきた水嶋の店を見やった。

店の前に車を停《と》め、藤堂と百合、二人して車を降りる。店のドアには『closed』の札がかかっていたが、百合は構わずドアを開き、店内に足を踏み入れた。

「水嶋さん、いますよね」

「おう、どうした？」

厨房から仕込み中だったと思《おぼ》しき水嶋が顔を出す。

「ああ、藤堂もいたのか。どうした、二人して」

水嶋は藤堂にも笑顔を向けてきたが、藤堂が問いを発するとその顔から笑みが消えた。

「水嶋さん……どうして我々の計画を上層部に知らせたんです？」

「……藤堂……」

名を呼んだきり水嶋が絶句する。

「何を言ってるんだ」

「ふざけるな！ なんで俺がそんなことを！」

できることなら否定してほしかった。が、水嶋の口からその種の言葉が発せられることはなかった。

「……藤堂……」

水嶋がまた、藤堂の名を呼ぶ。藤堂は真っ直ぐに水嶋を見返すと、一言、

「なぜです」

と問いかけた。

「……警察は縦社会だ」

「ええ」

頷いた藤堂に、水嶋が言葉を続ける。

「上層部に逆らうのはお前のためにならない。時には長いものに巻かれることも必要だ」

「あなたがそんなことを言うとは思いませんでした」

藤堂が落胆を隠せない口調でそう言い、首を横に振る。

「ああ、言わないはずだ」

と、ここで百合が口を挟んできた。

「百合」

何を言う気だ、と見やった藤堂を見返したあと、百合は水嶋に近づき、彼の目を覗き込むようにして話しかけた。

「藤堂の命を守ろうとした——そうですよね、水嶋さん。上層部は藤堂の口を塞ぐことを考えていた。退職ではなく殉職の方向で」

水嶋は相変わらず答えない。が、否定しないことが即ち肯定であると藤堂は察し、そういうことだったのかと水嶋を見やった。

「情報を流すことで今回の警護を失敗させようとした——失敗すれば私は引責辞任となる。それを狙ったということですか」

藤堂はあえて水嶋に問うたが、やはり水嶋の口は開かなかった。

「私の命よりも、マルタイの命のほうが大切でしょう。仮にもＳＰだったのなら、マルタイの身を危険に晒すようなことは……っ」

藤堂とて、水嶋の心遣いに感謝していないわけはなかった。だが先輩ＳＰとして尊敬し続けてきた水嶋が、マルタイの命を粗末にしようとした、それは許せない、と語気荒く迫った藤堂に対し、初めて水嶋が口を開く。

「マルタイの命はお前たちが守ってくれると信じていた」

「……っ」

ぽそり、と告げられた水嶋の言葉を聞いた瞬間、藤堂の身体がびくっと震えた。

「……水嶋さん………」

絶句する藤堂の横から、百合が声をかける。

「何を言っても言い訳にしかならない。必要ならいくらでも証言はしよう。今更信用はできんだろうが、役に立てることがあればなんでも言ってきてくれ」

水嶋は百合を、そして藤堂を順番に見つめたあと、

「……申し訳なかった」

そう言い、深く頭を下げた。

「……店を閉めるつもりですか」

いつまでも頭を上げようとしない水嶋に、藤堂がそう声をかける。

「……ああ、常連を失ったからな」

ようやく水嶋が顔を上げ、肩を竦めてみせる。苦笑めいた笑みを浮かべる彼に藤堂は一言、

「その心配は不要です」

それだけ告げると、百合に向かい口を開いた。

「帰る」

「お、おう」

百合が頷き、颯爽と出口へと向かっていく藤堂のあとを追う。

「藤堂、百合」

ドアを開き、外に出ようとした二人を水嶋が呼び止めた。

「『必要』があるときには証言をお願いします」

藤堂が言い捨てるようにしてドアを出ていく。

「わかった」

水嶋は頷いたあとに、藤堂に続き店を出ようとする百合に声をかけた。

「百合、頼んだぞ。藤堂を守ってやってくれ」

「わかってますよ、水嶋さん。我々はチームですから」

安心してください、と百合が水嶋にウインクし、

「待てよ、藤堂」

と彼のあとを追う。カランカラン、とカウベルの音が響く中、店内に一人残された水嶋が、どのような顔で自分たちを見送っていたのか、すでに店の外に出てしまった藤堂も百合も知ることはない。

だが今、自分たちの顔に浮かぶやりきれなさと怒り、その思いは水嶋も一緒であるに違いない。ともすれば誰彼構わず悪態をついてしまいそうなほどの激しい怒りを胸に抱えて歩きながら、藤堂は今後いかにしてこの怒りを昇華させるか、その術《すべ》を必死に考えていた。

6

その頃、悠真と篠は王子に引き留《と》められ彼の部屋にいた。

姫宮と星野は所定位置で警護についており、悠真らは警視庁に戻ろうとしていたのだが、そこを王子から、扮装を解くまで待ってほしいとストップがかかったのである。

「退屈しのぎに話をしたい……という感じではなかったですよね」

悠真がこそりと篠に囁く。

「そうですね。おそらく……」

篠が悠真に答えようとしたそのとき、

「待たせたな」

勢いよくドアが開き——臣下の者たちが王子の入室に合わせ、観音開きにしたためである——アラブ服を身に纏ったマジード王子が登場した。

「仕事中すまない」

「と、とんでもありません」

にこやかな笑顔を向けられ、悠真が緊張した声で答える。

「まあ、座ってくれ」

立ち上がって迎えていた二人に王子はそう促すと、自分のあとについて部屋に入ってきたサーリフを振り返った。

「何か飲み物を。他の者たちを室内に立ち入らせないように」

「かしこまりました」

サーリフが丁重に頭を下げ、王子の前を離れる。彼が目配せすると、室内に大勢いた若い臣下たちは皆、姿勢を正し、王子に一礼したあとにささ、と部屋を出ていった。

すごい統率力だな、と感心していた悠真の視線を追ったのか、王子が声をかけてきた。

「彼らはサーリフを隊長とする私の親衛隊だ。国内では彼らが私の身を守ってくれている」

「す、素晴らしいです」

何か言わねば、と焦るあまり悠真は自分でも胡乱だと思える言葉を返してしまい、慌てて口を閉ざした。

横から篠がすかさずフォローを入れる。

「皆が皆、身体能力が実に高い若者とお見受けします」

「はは、ありがとう。しかし『素晴らしい』といえばお前たち、日本のＳＰも実に優秀ではないか」

王子はそう言うと、

「恐れ入ります」

と頭を下げた篠の横で、慌てて同様に頭を下げた悠真を真っ直ぐに見つめてきた。

「特に悠真、お前には命を助けられた。礼を言う」

「い、いえ、その……っ」

任務ですから、と言うのもどうかと言葉を失っている悠真を、王子は尚も真っ直ぐに、それこそ穴の開くほど、という比喩がぴったりなくらいに凝視しつつ言葉をかけてきた。

「どうしてわかったのだ？　狙撃手が狙っているのが私だと。調印式の壇上から私の位置まではかなり距離があった。周囲の誰もが気づかないのに、なぜお前は私を狙う銃口に気づいたのだ？」

「あ、あの、それは……」

どう説明すればいいのか、と悠真は迷った。理路整然と説明する自信はまるでない。何より王子に見つめられる緊張が彼の思考力を酷く低下させていた。

しかし黙っているわけにはいかない、となんとか、

「それはですね」

と話し始めたとき、

「失礼いたします」

という声と同時にドアが開き、盆にティーカップを三つ載せたサーリフが入ってきた。

「紅茶か。ワインがよかったな」

ちら、とその方を見た王子が、少し残念そうな声を出す。

「悠真と諒介は任務中です。アルコールは召し上がらないのではないかと」

サーリフの切り返しを見て、悠真は、幾許《いくばく》かの違和感を覚え、自分が喋《しゃべ》っていたことも忘れてつい二人の会話に注目してしまった。

「ああ、そうだった。それなら私だけワインを……」

「このあと、中止となった調印式の際するはずであったサインをいただきたいとM商事の社長一行がいらっしゃいます。その後も来客が続きますから、少々我慢をしていただきたい」

「なんだ、つまらない」

王子がむっとした様子で口を尖《とが》らせる。二十四歳という若さではあるが、それにしてもこのような子供じみた顔をするとは、と悠真が思っているのがわかった——というわけではなかろうが、サーリフがそんな王子に向かい、

「もっと威厳を」

と注意を促した。

「うるさいであろう?」

そんなサーリフからふいと目を背けると、わざと聞こえるような声で王子が悠真と篠に話しかけてくる。

「サーリフは私の乳兄弟で私より一歳年上なのだ。子供の頃は彼に何一つ敵《かな》わなかった。勉強も運動も。一つ年上だから敵わないのは当たり前なのに、それをいまだに年長者面していろいろうるさいことを言ってくるのだ」

「聞こえていますよ、殿下」

「聞こえるように言ったのだ」

サーリフがむっとしたようにそう口を出し、王子が楽しげに彼に答える。

王子と臣下というよりは友人同士のようだ、とますます悠真は驚いてしまっていたのだが、隣に座る篠のほうが驚きは大きいようで、彼にしては珍しくぽかんと口を開け、王子とサーリフの様子を眺めていた。

「まあ、子供の頃は、と言ったが、今でもサーリフには腕力も頭脳も敵わない。ゴルフは私のほうが上手いが」

「ゴルフよりも頭脳面で、敵っていただかないと困ります。将来国を背負われるのですから」

「バスケも私が上手い」

「はいはい、テニスも殿下がお上手ですよ」

「嫌な感じであろう？　嫌味な男なのだ」

言葉とは裏腹に、王子は、あはは、と楽しげな笑い声を上げたあと、相変わらず唖然として二人を見つめていた悠真と篠にその笑顔を向けた。

「……はあ……」

「なんと申し上げてよいのやら……」

まさに相槌の打ちようがなく絶句する二人を見て、サーリフが「殿下」とまたも彼を諭す。

「困ってらっしゃるではないですか」

「お前を紹介したかったのだ。こんな嫌な奴だと」

またも王子は相槌に困ることを言い、悪戯《いたずら》っぽく笑ってみせると、

「だが」

と言葉を足した。

「嫌な奴ではあるが、私にとっては誰より信頼できる男だ。生まれたときからずっと傍にいる。きっと死ぬ間際まで誰より私の傍に——最も近いところにいてくれるのは彼だ。そうだな、サーリフ」

王子が傍らに立つサーリフを見上げる。

「当たり前のことすぎて、答えるのも馬鹿馬鹿しゅうございます」

サーリフの返事は相変わらず、王子いわく『嫌な感じ』ではあったが、王子を見返す彼の

瞳には真摯な光があった。

「あはは、素直に『はい』と言えばまだ可愛げがあるのものを」

本当に嫌な奴であろう、と王子が高い笑い声を上げる。

「いいえ、羨ましゅうございます」

ここで篠がそう答えたものだから、悠真は心底驚き思わず、

「え？」

と声を漏らしてしまった。

「……大変失礼いたしました」

どうやら今の『羨ましゅうございます』は無意識のうちに出た言葉だったようで、篠がはっとしたような顔になると慌てて王子に頭を下げた。

「諒介も祐一郎に対して嫌な物言いをしたいのか」

王子がにやりと笑いそう篠に問いかける。

「え？」

またも悠真が、そして篠が、どういうことだ、と驚き声を漏らした。

「警護をしてもらうと決まってすぐにお前たちの情報を集めたのだ。我が親衛隊は情報収集能力にも長《た》けている」

王子はなんでもないことのようにそう言うと、まず篠へと視線を向け、すらすらと彼の収

集した『情報』を語り始めた。

「諒介と祐一郎も、サーリフと私同様、乳兄弟だ。祐一郎の『影』として常に傍にいる。そして」

続いて王子が悠真に視線を向ける。

「悠真は去年一年間、米国に留学しているな。隠れた能力の開発ということだったが、さすがのサーリフもその『能力』までは突き止められなかった。一体どのような能力なのだ？」

「あ……」

まさかの質問に悠真は一瞬絶句したものの、隠すこともないかと思い直しすぐに口を開いた。

「ほんの少し先の未来が見える、というものです……が、まだ実務では生かしきれていないのが現状です」

「未来が！　素晴らしいではないか！」

悠真の答えは王子の予想を超えたものだったようで、心底感心した声を上げ、更に詳細を問うてくる。

「ああ、そういえば昨夜、香がそのようなことを言っていたな。予測不可能なことは悠真が予測してくれると……あれは何かの比喩かと思っていたが、まさか本当に見えるのか！」

「あ、あの……」

興奮する王子を前に、悠真はなんとか返事をしようとしたが、聞きたいことが次から次へと溢れてくるらしく、王子は尚も質問を続けた。

「だから今日の狙撃がわかったのか？　どのくらいの未来が見えるのだ？　見たいと願えば見られるのか？　どういった状態で『見える』？」

「訓練でようやく、見たいものの六割弱が見られるようになった程度です。見えるのは一分先がせいぜいで……」

なのでそう役に立たないのです、と続ける悠真の声を、王子の感動しきった声が遮った。

「充分役に立ったではないか！　未来が見える人間に私は今まで会ったことがなかった。もっと詳しく聞かせてくれ」

「く、詳しくとおっしゃられても……」

「だからどのように見えるのだ？　映像で？　映画のようにか？」

たじたじとなる悠真に対して身を乗り出し、王子が質問攻めにする。

「そ、そんな感じです」

「見たいと思った未来を見られるようになったと言っていたな。先ほどは何を見たのだ？　私の身に危険が迫る映像が見えたのか？」

「あ、その……」

ここで悠真が、ぐっと言葉に詰まった。

「なんだ、違うのか？」

王子がなぜ黙る、と言いたげに悠真を見る。

「いえ、その……最初は殿下に扮した百合さ……同僚の未来を見たところ、何も起こる気配がないので、もしや、と思い殿下のほうを見ましたら……」

「なんだ、私の身の安全は二の次か」

「いえ、そのような」

王子が不快になった様子はなかったが、すかさず篠がフォローを入れる。と、その横で悠真がそれに気づかず、

「申し訳ありません」

と頭を下げたものだから、王子はぷっと噴き出したあとに、げらげらと笑い始めた。

「私は正直者が好きだ。悠真、私はお前が気に入ったぞ」

「……も、申し訳ありません……っ」

自分の失言に——謝罪は即ち王子の『私の身の安全は二の次か』の言葉を肯定することになると気づいた悠真は、今や真っ青になっていた。

「構わぬ。言ったであろう、私は正直者が好きだと」

少しの嫌味もない口調で王子は笑うと、尚も恐縮する悠真の顔を覗き込むようにして問いかけた。

「香は悠真にとって大切な人なのだな」

「はい」

またも即答したあと、慌てて悠真はフォローを入れた。

「我々はバディですので」

「バディか。素晴らしい！　心身共にバディなのだな」

「はい……え？」

王子がさらりと告げた言葉に、頷きそうになっていた悠真は、ぎょっとし、王子の顔を見やった。

「殿下、それを言うなら『公私共に』ではないですか」

王子の背後からサーリフが訂正を入れる。

「ああ、それだ。日本語は難しいな。うっかり間違えた」

笑いながら王子はそう言っていたが、実際、彼の『調査』の結果、自分と百合がそれこそ『心身共に』バディであるという事実を知られているのかもしれない。悠真にはどうしてもそう思えて仕方なく、返す笑顔も引き攣《つ》ってしまった。

「殿下、そろそろM商事社長とのアポイントメントの時間です」

助け船、というわけではないだろうが、ここでサーリフが声をかけてくれたおかげで、悠真と篠は王子から解放されることとなった。

「それではまたあとで。今度はバディの香と一緒の姿を見られるのだな」

王子が悠真に微笑みかける。

「は」

悠真は敬礼で応えたのだが、それはなんと言葉を返せばいいのかまるで判断がつかなかったためだった。

「ご馳走《ちそう》様でございました」

部屋を出るとき、篠が王子と、紅茶をサーブしてくれたサーリフを振り返り丁寧に頭を下げる。

しまった、自分も下げねば、と悠真も頭を下げたのだが、王子はすでに席を立ち着替えに向かってしまっていた。

そのあとに続いていたサーリフが二人を振り返り、

「ご丁寧に」

と頭を下げ返す。

「失礼いたします」

ドアを出しなに二人してそんな彼に頭を下げたあと、篠と悠真は顔を見合わせ、互いに溜め息をつき合った。

「なんだか……疲れました」

「お疲れ様でございます」

悠真の言葉に苦笑しつつ、篠が心配そうな表情となる。

「篠さん？」

「……ボスから連絡がありません」

次の間を突っ切り、外へと向かいながら篠がぽつりとそう告げる。

「あの、本当に水嶋さんが……」

悠真が水嶋の名を出すと、篠は、駄目ですよ、というように首を横に振った。

「……すみません」

「話の続きは車の中でいたしましょう」

篠はそう言って微笑むと、ドアの前に控えていた親衛隊員たちに会釈をした。親衛隊員の一人がドアを開く。

「また後ほど参ります」

ドアの外側には姫宮と星野が所定位置で警護の任務についていた。篠と悠真は彼らに敬礼すると、敬礼を返した二人の前を通りエレベーターホールへと向かった。

警護の交代までかなり時間があったので、二人は警視庁に戻ることにした。

覆面パトカーに乗り込んだ直後、まるでそうと察したかのように、篠の携帯が着信に震えた。

「はい」

運転席に座る篠が応対に出る。運転は後輩である自分がすると悠真は随分頑張ったのだが、篠にあっという間に車に乗られてしまったのである。

『これから職場に戻る。今、どこだ？』

携帯電話から、藤堂の凜とした声が、ときどき漏れ聞こえる。それと篠の反応から、悠真は状況を知ろうと耳をそばだてた。

「今、王子の部屋を出たところです」

『警護は姫宮と星野が担当していたのでは？』

「王子に話があると呼び止められたのです。話の内容は……」

篠が要領よく王子との会話を説明するのを、さすがだ、と思いながら聞いていた悠真の頭にある映像が浮かんだ。

「？」

警視庁内、どうやら警備部長の部屋のようである。室内には藤堂チーム全員とマジード王子、それに部屋の主である警備部長がいた。

なんなんだ、この映像は、と首を傾げているうちに、篠の電話は終わろうとしていた。

「それではすぐに戻ります」

そう言い、電話を切った篠の声に、はっと我に返ったときには、悠真の頭の中に浮かんでいた映像は消えていた。

「どうされました？」

呆然としてしまっていたからか、篠が心配そうに悠真の顔を覗き込んでくる。

「今、よくわからない映像が『見えた』んです」

もしや篠なら何か答えを見つけてくれるかもしれない。その思いから悠真は自分が今『見た』場面を篠に説明した。

「これから警視庁に戻るのに、二十分ほどかかります。今、唐沢さんがご覧になったのはそれより先の未来——ということになりますね」

言いながら篠がエンジンをかけ車を発進させる。

「……何かの間違いってことですかね」

まだ自分には、数十分後の未来を見通す力は備わっていないはずだった。白昼夢でも見たのかもしれない。悠真はそう結論づけようとしたが、篠の見解は違った。

「能力は日々進化するのでしょう。我々は警備部長に呼び出されることになるに違いありません」

「いや、でも、なぜです？」

理由がわからない、と首を傾げた悠真は、帰ってきた篠の答えに、あ、と声を上げた。

「ボスの独断で警護プランを変えたことです。上層部はそれを問題にしてくるのやもしれません」

「入れ替わりのことですよね……」

本来、警護プランを変更する際には、よほどの突発事項がない限りは事前に警備部長に報告の義務がある。

今回が『よほどの突発』ではないことは、百合を王子に、王子を警察官にという、凝りに凝った変装が物語っていた。

結局、狙撃犯は逮捕することができたものの、それは『入れ替わり』の結果ではない。まだ、部長の許可を得ていなくても、そうしなければ王子の身の安全は守れなかった、といった状況となっていれば話も違ってきただろうが、今回の作戦は誰が見ても『失敗』だった。

しかし失敗したのは事前に情報が漏れたからで、情報を漏らしたのは水嶋だという。

水嶋が情報を流した相手というのは誰なのだろう。狙撃犯、とはとても思えないのだが、と、いつしか一人の思考の世界に足を踏み入れていた悠真は、

「どちらにせよ」

という篠の声に、はっと我に返った。

「ボスは責任を問われることになるでしょう」

「今までの功績があるのに？」

しかも、作戦は失敗に終わったが、王子の命は守られた。罰せられるまでには至らないの

では、と問いかけたと同時に悠真は、そういうことか、と遅まきながら察した。

「水嶋さんが情報を流したのは上層部？」

「……わかりません。が、ボスの口が重かったのは、何か上層部と揉め事があったことを我々に隠していたからではないかと……」

篠はそう告げたもののすぐ、

「あくまでも私の想像ですが」

と言葉を足すのを忘れなかった。

「そろそろボスも打ち明けてくれるはずです。ボスの言葉を待ちましょう」

「……はい……」

篠の発言に悠真も頷く。悠真の目から見ても最近の藤堂は様子がおかしかった。何かを一人で抱えているのがわかる。

百合もそれらしいことを言っていたが、もしやそれが上層部との揉め事なのだろうか、と考える悠真の頭にまた、先ほどの映像が浮かんだ。

「………」

やはりこれは『未来』だ。しかもそう遠くない。

その確信が悠真の中に生まれる。

「今日、ボスは部長に呼び出されると思います」

改めて悠真がそう告げると篠は、一瞬、はっとした顔になったものの、すぐ、

「そうですか」

と笑みを浮かべ頷いてみせた。

「お守りせねば」

誰を、とは言わなかったが、篠が守りたい人間は一人しかいない、と悠真もまた頷く。

「はい」

いつも守ってくれているボスを、今こそチーム一丸となって守るときが来た。あの映像はその場面だろう、と悠真は想像しつつ、気持ちを固めていたのだが、その場に王子がいることへの疑問は残った。

王子はこれから来客が続くという話だったので、もしや見えた映像は明日以降のものなのか。さすがにそこまで先の未来は見通せないはずだが、と悠真があれこれと考えているうちに車は警視庁へと到着した。

二人が職場へと戻ると、なんとも難しい顔をした藤堂と百合が室内で待っていた。

「ただいま戻りました」

篠が藤堂に挨拶《あいさつ》し、藤堂のためにコーヒーを淹《い》れに行こうとする。

「……本来なら皆が揃ってから話したかったが、今はマジード殿下の警護中ゆえ、星野と姫宮にはあとで説明することにする」

篠の足を止めるように、藤堂が口を開く。

「はい」

「……あの……」

返事をし、再び藤堂の近くへと戻った篠の横で、何かあったのか、と悠真が問おうとする。

「………」

百合が悠真に、まずは藤堂の話を聞くように、と目配せした。

「……はい……」

今、悠真は少し先の『未来』が見えているわけではなかった。見えなくても重苦しいこの空気から、これから告げられるべきことは確実に『よくない』内容であるとわかる。

一体何を知らされるのか、と身構えたそのとき、いきなりノックもなしにドアが開いたと同時に、田丸チーム長が部屋に入ってきた。

「藤堂、警備部長がお呼びだ。チーム員、全員揃ってくるようにとのことだ」

「………」

田丸と藤堂、同じチーム長ではあるが、実力も階級も藤堂が上であり、普段はこうも居丈高な態度をとることはない。

退職した桜井警部補は田丸班だった。彼もまた桜井の辞職に関《かか》わっているということだろう、と察した百合は藤堂を見やったが、ポーカーフェイスの彼は淡々と、

「わかりました」

と返事をしたのみだった。

そう思いきや、先に立ち部屋を出ようとする田丸の背に彼が声をかける。

「警備部長の元に向かうのは責任者の私だけで充分です」

「なんだと？」

振り返った田丸が口を開くより前に、百合と篠、それに悠真が叫んでいた。

「何を言ってるんだ、藤堂」

「お供いたします」

「僕も行きます！」

「……お前たち……」

藤堂が絶句し、三人を見返す。

「なんでもいい。早くしろ」

田丸が面倒臭そうな素振りを隠そうともせずに言い捨て、先に立って歩き始める。

「さあ、行こうぜ、ボス」

百合が藤堂の肩を叩き、彼より前を歩き始めた。そんな百合に悠真が続く。

「参りましょう」

篠が藤堂に声をかけ、にっこり、と目を細めて微笑んだ。

「…………ああ……」

藤堂もまた微笑を浮かべ、篠を、そして前を歩く二人を頼もしげに見やる。

「全員といっても、姫とランボーがいないけどな」

藤堂が自分たちを追い越し廊下を進んでいく。その後ろから百合がそう言い、肩を竦めた。

「安心しろ。先ほど呼び戻した」

田丸が肩越しに振り返り、短くそう告げる。

「殿下の警護は」

藤堂が問いかけたが田丸は振り返ることなく、

「今後は我々のチームが担当する」

と言い捨て、尚も歩調を速めたあと、部長の部屋の前で足を止めた。藤堂らも彼の後ろで立ち止まる。

「失礼いたします」

田丸はドアを大きく開いたが、中に入ろうとはしなかった。入れ、と言わんばかりに藤堂に目配せする。

「失礼します」

決していい態度をとられているわけではなかったが、藤堂に気分を害した様子は微塵《みじん》もなかった。

この辺に人間の大きさの違いが出るな、と百合が、藤堂と田丸、二人を見比べ、にやり、と笑う。

あからさまな彼の態度で、田丸には言いたいことがわかったのだろう。こちらはむっとした顔になると、ものすごい勢いで皆に背を向け、カツカツと廊下を戻っていった。

「早く入れ」

その様子を見るとはなしに見ていた百合や悠真に、室内から部長の怒声が飛ぶ。

「失礼いたします」

「失礼します」

慌てて悠真は百合と共に部屋に入ったのだが、その光景を見た瞬間、ああ、デジャビュだ、と心の中で呟いた。

自分が見た『未来』はおそらく、このあとに起こる光景に違いない。果たして何が起こるのか——ごくり、と唾を飲み込む悠真の目の前で藤堂が口を開く。

「お呼びだそうで」

「君は本当に何を考えているんだっ！」

小池警備部長が藤堂を怒鳴りつけた。藤堂が真っ直ぐ部長を見ながら冷静に答える。

「警護プラン変更の報告が事後になったことをおっしゃっているのですか」

「事後だと？　わざと事後にしたのだろうが！」

淡々と答える藤堂に対し、部長はかなり感情的になっていた。

不自然なほどだ、と思いながら悠真が見つめる中、部長の怒声が響き渡る。

「運よくマジード殿下が無事だったからよかったものの、被害を受けられていたとしたら国際問題に発展するぞ！　藤堂、お前を信用して任せたというのに、こんな結果になろうとは！」

「責任をとれ——そうおっしゃりたいのでしょうか」

ここでまた藤堂が、冷静——というよりは、あたかも他人事《ひとごと》のような淡々とした口調でそう告げたものだから、部長は更に激高した。

「当たり前だ！　すぐさま査問委員会にかけられても文句の言えないことをお前はやったんだぞ！」

「ならおかけになればいい」

すかさず藤堂が言い返す。一瞬、部長は言葉に詰まったが、すぐにまた藤堂を怒鳴りつけた。

「温情で依頼退職にしてやると言っているんだ！　なぜそれがわからないっ」

今や部長の顔は真っ赤になっていた。一方、藤堂はいつもどおりのクールな表情を浮かべている。

「一つ質問をさせてください」

そのクールな顔のまま藤堂が言い出したのに、部長の顔はますます赤くなった。

「なんだと⁉」

「OBの水嶋さんから聞き出した情報を、部長は誰に漏らしたのです？」

今までの、感情の欠片も感じさせないような口調はどこへやら、キッと部長を見据え追究する藤堂の顔も声音も、非常に厳しいものになっていた。

「な……っ」

思いもかけない藤堂の変貌、そして彼の言葉に、それまで散々怒鳴っていた部長が絶句する。

見る見るうちに部長の顔から血の気が引いていくのを見ながら、藤堂が再び彼を追究しようと口を開きかけたそのとき、

「その答えは私も知りたい」

いきなりドアがバタンと開いたかと思うと、アラブ服をはためかせ颯爽と部屋に入ってきたマジード王子が、ぐるりと室内を見渡した。

「……殿下……」

彼の登場は藤堂にとって、思いもかけないものだったようで、らしくなく驚き目を見開いている。

王子の背後には姫宮と星野の姿があった。

「…………」

ああ、僕の見た未来だ——そう思いながら悠真は、この先には一体いかなる『未来』が待ち受けているのだろうと、王子と、顔色を失う部長と、そして何より頼もしい仲間たちを順番に見渡したのだった。

7
「で、殿下……っ」

藤堂ら同様、警備部長に王子が来ることは伝わっていなかったらしい。仰天し、絶句する彼へと王子は真っ直ぐに歩み寄る。

王子のあとには姫宮と星野以外に、腹心の臣下、サーリフもまた続いていた。最後に部屋に入ったサーリフがドアを閉める。閉ざされた部屋の中に緊迫感が一気に漂い始めた。

「殿下がおいでになるとは思いも寄りませんでしたもので、お出迎えもいたさず……」

部長の動揺はいまだ激しい様子だったが、なんとか言葉を発する程度のところまでは回復したようで、引き攣った笑みを浮かべると王子に対し丁重に頭を下げそう告げた。

「出迎えなど不要だ。さあ、答えてくれ。お前は私たちの入れ替わりを誰に漏らした？」

王子がきつい目で部長を見据えながら厳しくそう問いかける。

「わ、私共は決してそのような……」

一国の王子の威厳は、ＶＩＰの対応には慣れすぎるほどに慣れているはずの部長をおののかせていた。あわあわと言い訳めいたことを言いながら首を横に振る部長は、だが、その場にいた誰もが疑わしいと思うほど動揺している。

「嘘《うそ》を申すな。すでにわかっておるのだ、お前に接触した相手は」

王子がここで、更に厳しい声を出す。

「え？」

それを聞き、驚いたのは言われた相手である警備部長だけではなかった。藤堂をはじめ、百合も篠も、悠真も姫宮も星野も驚き、皆して王子を見やった。

「祐一郎が密告者に気づいたように私も裏切り者に気づいた」

皆の視線を浴び、王子が彼らをぐるりと見渡しながら口を開く。

「入れ替わりを決めたのが昨晩だが、会場での私の配置が決まったのは調印式の直前。良太郎の施してくれたメイクと、背の高い警察官を周囲に揃えた祐一郎の配慮で、会場では私は警察官の中に埋没していたはずだ。なのになぜ、狙撃手は私をすぐに見抜いたのか」

言いながら王子は視線をまた順番に、藤堂、篠、百合、悠真、姫宮、星野と向けたあと、最後にドアを背に立っていた彼に――サーリフに向けた。サーリフもまた王子を見返す。

暫しの沈黙が流れたが、そのとき室内の空気はピンと張り詰めていた。

この緊張感が物語るものがなんなのか、室内にいた皆が悟りかけていたそのとき、サーリフの口が開き、沈黙は破られた。

「殿下、何をおっしゃりたいのです」

サーリフの視線は相変わらず、真っ直ぐに王子へと向けられていた。声音にも震えや掠れはなく、実に堂々としている。

「……私の口から言わせたいのか？」

対する王子もまた、サーリフから視線を外すことなくそう問いかけたが、彼の声は少し上擦《うわず》っていた。

見ると握り締めた拳が微かに震えているのがわかる。

「はい」

王子の問いにサーリフは、迷う素振りも見せず即答した。頷いた彼を前に王子が一瞬絶句する。

が、それは本当に『一瞬』といっていいほどの短い間だった。

「わかった」

すぐに王子もまた頷くと、すっとサーリフから視線を逸らし、すでに存在感を失いつつある警備部長を見やった。

「お前が情報を流した相手は、このサーリフだな」

「あ……」

警備部長が絶句したのは、突然話題を王子に振られたためなどではないということは、彼の蒼白《そうはく》な顔色を見れば誰もがわかった。

部長の額にはべったりと脂汗が浮き、唇はわなわなと震えている。その唇が言葉を語り出す前に、王子は部長からサーリフへと視線を戻し問いかけた。

「私を殺そうとしたのはお前だな？」

「…………………」

サーリフは何も言わなかった。肯定も否定もしない。それが答えということか、と、悠真は、その場にいるだけで息が詰まりそうな緊迫感の中、二人のやりとりを見つめていた。

「なぜだ？」

王子の問いは続く。が、サーリフは何も語らない。

「第四夫人に取り込まれたことはわかっている。何があった？　親兄弟を人質にでもとられたか？　それとも金に目が眩《くら》んだか？　名誉か？　一体なぜ、お前は私を裏切った？」

問いが進むうちに、それまで冷静に見えた王子の口調は次第に熱く、責め立てているのは王子だというのに、その表情はやりきれないとしかいえないものになっていった。

「ずっと一緒に育ってきた。記憶など備わるずっと前からだ。生まれたときから共にいる。死ぬその日までお前は私の傍にいてくれるのではなかったのか？　魂が通じ合っていると信じていたのは私だけだったということか？　誰より信頼できる、誰より近しい人間だと思っていたのは、私の思い込みだったと？」

「………」

それでも何も答えないサーリフを、とうとう王子が怒鳴りつけた。

「何か言え！　弁解の一つもしてみろ！　サーリフ、黙秘は卑怯《ひきょう》だぞ！」

「……申し訳ありません……」

わん、と室内の空気が震えるほどの大声で叫ばれ、声の反響が収まった頃にようやくサーリフは口を開いたが、彼が語ったのはたった一言、それも心がこもっているとはとても思えない謝罪だった。

「謝るくらいなら最初からするな」

王子がぴしゃりと言い捨て、つかつかとサーリフに近づいていくと、アラブ服の胸元をぐっと握って引き寄せたその顔を見上げた。

「なぜ裏切った？　理由を教えろ」

「……親を拉致《らち》されまして……」

ぼそり、とサーリフが答える。それを聞き王子の顔に安堵が表れたが、その表情は続くサーリフの言葉を聞き急速に曇っていった。

「……とでも答えられたらよかったのですが」

「嘘か」

落胆したあとには更なる怒りが王子を襲ったようで、サーリフのアラブ服を掴んだ手に力を込めて揺さぶり、彼を怒鳴りつけた。

「聞きたいのは嘘ではない！　真実だ！　さあ、言え！　なぜ私を裏切った？　言わぬならそれこそ親でも弟でも、拉致して拷問してやろうかっ」

またも黙秘を貫こうとするサーリフに王子の怒りは爆発したようだった。鬼のような顔で叫んだ彼の頬は紅潮し、興奮に潤んだ瞳はきらきらと煌いて見える。

不謹慎ではあるが、美しさに圧倒される思いを抱いていた悠真の前で、サーリフがぽつりと言葉を発する。

「……あなたにそんなことができるはずがありません」

「わからないではないかっ！」

そう怒鳴り返しはしたものの、その自覚はあったのか、王子は忌々しげに、はあ、と息を吐き出すと、両手でサーリフのアラブ服を締め上げ、さらに顔を近づけて彼に訴え始めた。

「その心に裏切りが芽生えたのはいつからだ？　きっかけはなんだったのだ？　お前は本当に私を殺したかったのか？」

「はい」

ここで思わぬ展開が待っていた。王子の言葉にサーリフがあっさり頷いたのである。

「……なに……？」

問いはしたが、王子はサーリフが肯定するとは考えていなかったらしい。一瞬啞然としたあとに彼の顔には痛々しいほどの落胆の表情が浮かんだ。それを見返すサーリフの顔には、なんの感情をも見出だすことができず、悠真ははらはらとした思いを胸に二人を見続けていた。

「……私が憎かった？」

王子の両手はすでにサーリフのアラブ服を摑んでいなかった。だらり、と下ろした右手の先を見下ろしながら、王子が問いかける。

「………」

サーリフが何か答えようとした。が、それを王子は制した。

「いや、いい。何も言わずとも。お前の口から私への憎しみの言葉を聞くのは辛すぎる」

掠れた声でそう言い、首を横に振りながら王子が一歩下がる。

そのときサーリフが動いた。悠真も、他のSPたちも、はっとし——サーリフが王子に危害を加えようとしたのではないかと思ったのである——二人に駆け寄ろうとする中、サーリフはすっと伸ばした手で王子の腕を摑むと、ぐっと自身のほうへと引き王子がそれ以上後ずさるのを止めようとした。

「………」

無言のまま王子がサーリフを見返す。

「憎しみの言葉を語りはしません……が、きっと殿下は聞いたことを後悔される」

「なんだと？」

意味がわからない、というように王子が眉を顰めた。眉間《みけん》の縦皺《たてじわ》は疑念だけではなく、摑まれた腕の痛みをも物語っているようである。

「……ですから私は言うつもりはありません」

サーリフはそう告げると、王子の腕を離した。

「言えよ！」

次の瞬間、王子が逆にサーリフの腕を摑み返し、後ずさろうとする彼を制する。

「………」

サーリフはじっと王子を見つめていた。王子もまたじっとサーリフを見返す。

暫しの沈黙の後、口を開いたのはサーリフだった。

「私は……あなたを愛している」

「……っ」

それを聞き王子は絶句した。驚きが彼の動きを阻んでいるのか、サーリフの腕は摑んだままである。

そんな王子を見返しながら、サーリフは、およそ愛の告白には似合わない淡々とした口調で言葉を続けていった。

「いつの頃からか、私はあなたを愛し始めていた。勿論、物心ついたときから敬愛してはいましたが、その『愛』がいつしか、肉欲を伴うものに変わってしまった」

「………」

王子はやはり何も答えない。が、それまで驚愕《きょうがく》に見開かれていた彼の目はもとの大きさに戻り、じっとサーリフを見つめていた。

「あなたを抱きたいと思った。実際、夢の中で何度もあなたを犯した。抵抗するあなたを組み敷き、唇を奪う。誇り高いあなたは私に組み敷かれたことを恥じ、悔しげに涙を流しながらも、やがて愛撫に喘ぎ始める——そんな場面《シーン》を何度夢に見たことかわからない。夢から醒《さ》めたあとにあなたの顔を見るのが辛かった。そんな夢を見たことがあなたに知られればどれだけ厭《いと》われることか。想像するのさえ怖かった。夢の中でさえああも拒絶されるのだ、現実のあなたが拒絶しないわけがない——だからこそ、打ち明けることはできなかった。打ち明けずにこの気持ちが失《う》せるのを待ちました。あなたのお傍に居続けたかったから……」

サーリフはそう言うと、己の腕を摑む王子の手に触れた。びく、と王子の身体が震える。それでもサーリフの腕を離さない王子の手を握るようにして指を外させるとサーリフは、初めて無表情だった顔に薄く笑みを浮かべ、ゆっくりと首を横に振った。

「……でも無理でした。あなたへの気持ちは日々募るばかりで失せることなどあり得ない。この気持ちを押し隠したまま、ずっとお傍にいるのが辛くなってきたところに、第四夫人より陰謀の片棒を担いではもらえないかとオファーがあったのです」

微笑んだままサーリフはまた真っ直ぐに王子を見つめ、話し続けた。

「あなたの命を奪う手助けをすれば、必ず宰相の地位に据えると、第四夫人は条件を提示しました。宰相の地位など少しも魅力はありませんでしたが私はその申し出を受けました。訪日中にあなたを必ず殺せるよう、いかなる手助けをもすると。なぜだかわかりますか?」

サーリフが少し小首を傾げるようにして王子に問う。

「……いや……」

今は王子が完全なる無表情となっていた。短く答えた王子に向かい、サーリフはにっこりと、今度ははっきり笑っていることがわかるほどの鮮やかな笑みを浮かべ口を開く。

「生涯、手に入れることができないのなら、殺してしまおうと思ったんです。そして私もあとを追う。あの世でもあなたには拒絶されるかもしれない——いえ、必ず拒絶されるでしょう。それでもあなたが死ねばもう、あなたは誰のものでもなくなる。第一王子としてこの先后《きさき》を娶《めと》り、愛らしい子供の父になり……そんなあなたの姿を見ないで済む。だから私はあなたをこの世から葬る計画に手を貸そうと思ったのです」

今、サーリフはこの上なく幸せそうな表情を浮かべていた。

うっとりした口調で、さも希望に燃える将来の夢を語るかのように、少しの『未来』も感じさせない、それどころか完結している彼の将来を語っている。

それが彼にとっての至福のときというのであればなんと悲しい、と悠真は晴れやかな微笑みを浮かべるサーリフをやりきれない思いを胸に見つめていた。

他の皆も同じような気持ちを抱いているのか、一言も発することなくただ語り続けるサーリフを見つめている。

そして王子は——王子もまた、無表情のままじっとサーリフを見つめ続けていた。

「しかし私の夢は潰《つい》えた」

そんな王子に向かい、サーリフはそう告げると、手を己の胸へと持っていった。

「極刑をお与えください。もしも我儘が許されるのであれば、老いた父母《ちちはは》と弟は——私と血を分けた家族であるという罪を背負う彼らに対してはその罪を不問にしてくださいますように。慈悲深い殿下であればこの願いはお聞き入れいただけるものと信じておりますが」

そう言い、胸に手を当てたまま頭を下げたサーリフを、王子は相変わらず無表情で見つめていた。

長い沈黙が室内に流れる。

サーリフを逮捕すべきなのか。それともこれはB国の問題であるゆえ処遇は王子に任せるべきなのか。どうなるのか、と悠真がちらと藤堂を見やる。

視線に気づいた藤堂は、暫し様子を見るようにと言いたげな目を悠真に向けてきた。わかりました、と悠真は頷き、何も喋ろうとしない王子と頭を下げたままのサーリフへと視線を戻した。

またもしばらくの沈黙が流れたあと、室内には抑揚のない王子の声がぽつりと響いた。

「サーリフ、顔を上げろ」

サーリフが命じられたとおりゆっくりと顔を上げ王子を見返す。

「殺す以外に、私を手に入れる術はないと思った——お前はそう言ったな?」

「はい」

王子の口調も淡々としていたが、サーリフの答えも淡々としていた。

「なぜそう決めつける?」

だが王子が問いを重ねると、サーリフの顔に初めて動揺が表れ、彼は言葉に詰まった。

「……はい……?」

かろうじて問い返したサーリフの腕を再び王子が掴む。

「聞けよ、直接。手に入るかどうか」

王子が腕にぐっと力を込めたのがわかる。そんな彼を見返すサーリフは今、ただただ呆然としている様子だった。

「なぜ聞かない? 生まれたときから傍にいるから私の気持ちなど聞かずともわかったとでも言いたいのか。生憎《あいにく》我々は乳兄弟ではあるがまったく別の人格を持っている、別々の人間だ。互いの気持ちなど口にしなければ正確には伝わらない。そうだろう?」

先ほどまではサーリフが饒舌《じょうぜつ》に語り、王子は沈黙を守っていたが、今や完全にその立場は逆転していた。

「私がお前を受け入れるか拒絶するか、なぜ聞くより前に自分で答えを出す？　悪いが私は人に心を完全に把握されるような単純な男ではないぞ」

「…………殿下…………」

サーリフが震える声で王子に呼びかけ、自身の腕を摑むその手を上から握り締める。

「なんだ」

その手を振り解《ほど》くことなく、王子が真っ直ぐにサーリフを見返し問いかける。

「愛しています」

サーリフはそう言うと一瞬、泣き笑いのような表情となった。

「それはもう聞いた」

王子は笑いもせず答えると、尚もサーリフを見つめ返す。

「愛して……います」

サーリフは再びそう繰り返すと、ゆっくりと王子に顔を近づけていった。

「……っ」

悠真も、他のＳＰたちも、固唾《かたず》を飲んでサーリフの動きを見つめる。

サーリフは王子の手を握ったまま、彼の唇に己の唇を押し当てた。

キス——臣下から第一王子へのくちづけなど、普通あり得ないのではと、思わず悠真がごくりと唾を飲み込んだ次の瞬間、ぐらり、とサーリフの身体が揺れた。

「あっ」

悠真が声を上げるその前で、サーリフが王子へと向かい倒れ込む。王子は彼の背をしっかりと抱き留め、自分よりも身長の高いサーリフの身体を支えた。

「殿下!」

藤堂が慌てた様子で駆け寄り、それに篠と百合が続く。悠真もはっとし、百合に続いたのだが、より近づいてみて彼はようやく藤堂の慌てた理由を察した。

王子の腕の中で、サーリフはぴくりとも動いていなかった。回り込み彼の顔を見た悠真は、サーリフの唇の端から赤い血が一筋、流れているのを見つけ、すでに彼が絶命していると察したのだった。

「毒を飲んだ。おおかた、奥歯にでも仕込んであったのだろう」

ぽつり、と王子は呟くと、藤堂が引き剝がそうとしたサーリフの背をしっかりと両手で抱き締めた。

「殿下は……」

毒を飲んだサーリフと王子は直前までくちづけていた。サーリフが口移しで王子に毒を飲ませたのではないかと藤堂は思ったらしく、心配そうに王子に問いかける。

「我々王族は毒殺の危険を避けるために、幼い頃から身体を毒に慣らしている」

サーリフの背を抱き締めながら王子はそう告げると、いっそう強い力でサーリフを抱き締め、己の肩に乗っているために見ることがかなわない彼の顔を横目で見やり微笑んだ。

「誰より私の傍にいた彼が、それを知らぬわけはないのだ」

「……殿下……」

藤堂が遠慮深く王子に声をかける。

「馬鹿な男だ」

呟くようにそう告げた王子の顔には笑みがあった。が、その頬は涙で濡れていた。

「この場で見聞きしたことは他言無用だ」

藤堂と篠にサーリフの遺体を託すると、王子は室内をぐるりと見渡し、凛とした声を張り上げた。

「わかっております」

即答した藤堂に、悠真をはじめとする彼の部下たちがこぞって頷く。

「ミスター・小池」

王子は部屋の隅で様子を窺っていた警備部長に念を押すことも忘れなかった。

「口を閉ざしているのであれば、依願退職させてやる。だが喋れば国際問題に発展し、お前は懲戒解雇どころか、犯罪者になるぞ」

「……は……」

厳しい口調で告げる王子に、がっくりと肩を落としつつも部長が了承の意を伝え、頷いてみせる。それを見て王子は満足そうに頷くと、篠に抱えられたサーリフの遺体へと視線を戻した。

「サーリフは私を守って死んだ。国に戻った後に盛大な葬儀を執り行おうと思う。彼の両親に、そして弟に、莫大な褒賞金を準備しよう。あなた方の家族は私を守り誇りをもって死んでいったのだと伝えるつもりだ」

誰に告げるというわけではない、独り言ではあった。それゆえ相槌の打ちようもない。だが口に出すことで王子は納得しようとしているのだとわかるだけに、誰も口を挟むことはできなかった。

「かけがえのない男を失った。国も……そして私も……」

最後は語尾が震え、明確な言葉にならなかった。王子の両目からはとめどなく涙が零れていたが、王子がその涙を拭うことはなかった。

「生まれたときも——そして死ぬその瞬間も、傍にいてくれた。そう、誰より近いところに」

王子はそう告げると、最後に、聞こえないような声で言葉を足し、やがて両手に顔を埋めた。

「できることなら、私が死ぬその日まで、傍にいてほしかった……」

「……殿下……」

藤堂の呼びかけに王子は、

「しばらく……」

それだけ言うと、嗚咽《おえつ》に肩を震わせ始めた。このまま少しの間泣かせてほしいということだろうと、その場にいた皆は理解し、無言のまま立ち尽くす。

「……サーリフ……」

臓腑《ぞうふ》を抉るような声で王子がその名を呼ぶ。王子の喪失感がどれだけ大きいか、わかるだけに皆、かけるべき慰めの言葉を発することができず、王子が泣きやむまでの暫くの間、ただただ彼を見つめ続けていた。

8

翌日、マジード王子はサーリフの遺体と共に、専用機で帰国の途につくことになった。

その日の朝、小池警備部長は、王子狙撃の責任をとる形で依願退職を申し出、受理されていた。

後任の警備部長には藤堂が内定していたが、その情報は警備部長退職の記者会見で語られることはなかった。

その藤堂は、チームの皆を引き連れ、王子の警護兼見送りに空港に来ていた。

「祐一郎には世話になった」

王子は眠れなかったようで赤い目をしていた。弱々しく微笑む彼に藤堂は、

「任務ですから」

とのみ答え頭を下げた。

「口を閉ざしてくれたことに対して礼を言う……哀れな男だった」

そう告げる王子の顔には寂しげな笑みがあった。一日やそこらで立ち直れるわけもないか、と藤堂は思いながらも、王子は慰めの言葉など求めていないことがわかったため、話を自分のほうへと持っていった。

「殿下のお力で、警察内にはびこる悪の芽を摘むことができました。重ねて御礼申し上げます」

「本来であれば懲戒解雇となったところを、依願退職させてしまった。その件も申し訳なかったな」

そう言って肩を竦めた王子に「いえ」と藤堂が首を横に振る。

「殿下の介在がなければ彼は、更なる権力を用い自らの身を守ったことでしょう。すべて殿下のおかげです。誠にありがとうございます」

「役に立てたのならよかった」

藤堂の言葉に王子は今日、初めての、晴れやかな笑みを漏らした。

「改めて、祐一郎をはじめ、諒介、香、悠真、良太郎、一人の働きに礼を言う。我が国の親衛隊にも学ばせたい素晴らしい警護だった」

ありがとう、と王子がすっと右手を差し出す。

「ありがとうございます」

相手は一国の王子ではあったが、藤堂は『勿体ないお言葉』等の謙遜はしなかった。褒め言葉が王子の本心から告げられたものだとわかっていたためである。

藤堂のあとには篠が、百合が、悠真が、姫宮と星野が、順番に王子と握手をした。

「出会えてよかった。また来日時の護衛には藤堂チームを指名する……ああ、しかしもう、祐一郎は警備部長だったな。もう現場に立つことはないのか」

「いえ」

王子の問いを聞き藤堂は即座に首を横に振った。

「私は現場が好きですので」

「安心した。それではまた会おう」

王子はまたにっこりと、それは嬉しそうに笑うと皆に手を振り搭乗口へと向かいかけた。が、すぐに立ち止まり振り返る。

「祐一郎、今度会うときには名前で呼んでくれ。私を友と認めてくれるのなら」

大きな声でそう告げた王子に対し、藤堂はふっと笑うと、彼以上に大きな声を張り上げた。

「任務中でなければお呼びしますよ。マジード」

「そのときまでに、頭が固いところも直しておいてくれるとありがたい」

あはは、と王子が笑いながら手を振り、搭乗ゲートの中に入っていく。彼の背後には親衛隊員たちが続いたため、白いアラブ服の背はすぐに見えなくなったが、藤堂らは敬礼したまま王子たち一行が完全に視界から消えるまで立ち尽くしていた。

「元気そうでよかったわ」

藤堂が敬礼を解いた直後、皆も手を下ろす。姫宮が溜め息交じりに言った言葉に星野が、

「まあ、元気じゃないんだろうけどな」

と相槌を打った。百合も、そして悠真も、王子の悲しみを思い溜め息を漏らす。

「戻るぞ」

そんな彼らを一瞥し、藤堂はそう言うと先に立って歩き始めた。

「それにしてもボス、酷いじゃないですか」

その背を追いながら姫宮が藤堂にクレームをつけた。

「そうですよ。一人ですべてを抱え込もうとするなんて」

星野がそれに続いたのに、藤堂は肩越しに二人を振り返ったあと、視線を彼らの後ろを歩く百合へと向けた。

「喋った」

とぼけるなどという男らしくないことはせず、百合がにっと笑ってみせる。藤堂は、やれやれ、というように溜め息をつくと足を止め皆を振り返った。

「皆を巻き込みたくなかった。信頼していなかったわけじゃない」

「それは皆だってわかっているさ。それでも打ち明けてほしかった……その気持ちもわかるだろう?」

百合の言葉に、姫宮や星野、それに悠真が大きく頷く。唯一、賛同を態度で表さなかった篠が、

「祐一郎様」

と呼びかけた。

「悪かった」

藤堂が素直に詫び、皆に頭を下げる。

「警備部長に頭、下げさせちゃったよ」

百合がおどけた口調でそう言うと、藤堂に近づき、ばしっとその肩を叩いて顔を上げさせた。

「これからもよろしく頼むぜ、ボス」

「ああ」

藤堂が目を細めて笑い、百合の腕のあたりをばしっと叩き返す。

「マジード殿下の賞賛に恥じない、素晴らしいチームを目指そう」

「はい！」

「頑張るわよー！」

皆が口々に賛同の言葉を告げながら藤堂を取り囲む。

「戻るぞ。新しい任務が待っている」

藤堂はそんな彼ら一人一人と視線を合わせたあと、高らかにそう告げ踵《きびす》を返した。靴音を響かせるようにして進んでいく凜々しい彼の背を、藤堂チームのメンバーが颯爽と追いかける。

精鋭中の精鋭という賞賛は今まで充分浴びてきた。これからもチームの皆で協力しながら更なる高みを目指していく。

背中を向けてはいるが、部下の一人一人が同じ気持ちを抱いていることがこれでもかというほど伝わってくる。本当に頼もしいことだ、と思う藤堂の頬は我知らぬうちに浮かんでしまっていた微笑みに緩んでいた。

明日からの任務に備え、藤堂チームのメンバーたちはほぼ定時で全員があがりそれぞれ帰宅の途についた。

「皆で飲みに行きたかったけど、水嶋さんのお店、もうないんだもんね……」

帰宅後、星野と共にキッチンに立ちながら、姫宮が寂しさから思わずそう溜め息を漏らす。

「水嶋さんのこともショックだったよな」

料理などほとんどしたことがない星野はもっぱら、姫宮が使った鍋《なべ》やボウルを洗う係を請け負っていた。ボウルの洗剤を流しながら彼もまた溜め息を漏らし、やりきれない思いを姫宮と分かち合った。

「店、閉めなくてもいいのにね。ボスは密告のことをもともとどこにも公表する気もなかったんだし」

「水嶋さんの気持ちが済まなかったんだろうな。それもわかるが、水嶋さんの裏切りはボスの身を思ってのことだったんだし、ボスも、それに俺たちもそっちの気持ちもよくわかっていたのにな」

「東京を離れるって言ってたそうね。かおるちゃんが教えてくれたわ」

姫宮が心底残念そうにそう続けたあと、あーあ、と大きな溜め息をついた。

「水嶋さんの焼いてくれたピザ、もう食べられないのかー」

「結局そこか」

わざと自分を笑わせようとして言っていることがわかるだけに、星野はきっちりと姫宮の振りを受け止め、そう彼に突っ込んだ。

「食欲がすべてなのはランボーもじゃない」

姫宮もまた悪態を返しつつ、星野を見る。

『ありがとね』

瞳の中に感謝の念を見出だしはしたものの、ここは互いに何も言わないのがお約束、と星野は尚もふざけ続けた。

「食欲だけじゃない。性欲もある」

「おやじくさっ。てか、あんたが言うとシャレにならないわ」

「だってシャレじゃないからな」

今夜は二人して決めた『夜の行為が許される日』ではない。明日からの任務を考えれば、早々に寝ることが望ましいに決まっている。

それでも今夜は抱き合って眠りたい。その思いが星野の口をついて出る。

「いやあねえ。スケベなんだから」

姫宮はあからさまに揶揄してきたが、彼もまた同じ気持ちであることは顔を見ればわかった。

「仕方ない。ちゃっちゃと作ってちゃっちゃと食べるわよ」

さっさとして、と姫宮が星野を急《せ》かし、自らも今まで以上に手早く野菜を刻み始める。

「了解！」

星野のやる気に溢れる元気な声が、料理上手の姫宮が腕をふるうキッチン内に響き渡った。

同じ頃、悠真と百合もまた、百合の家で食卓を囲んでいた。

百合は見かけによらず料理が得意であり、食事はほぼ彼が担当している。悠真も料理はできないことはないのだが、百合のように要領よくはなかなかいかず、常に時間がかかる。見かねた百合が、自分は掃除と洗濯が苦手だからそっちをやってほしいと頼み、同居後の家事分担はそれで決まったのだった。

百合が今夜作ったのは、水嶋にレシピを習ったというパスタだった。他にサラダとチキンのソテーもある。

パスタをフォークに巻きつけながら百合が小さく溜め息を漏らした。それを聞きつけながらも悠真は彼をどう慰めてよいのか迷い、気づかぬふりを貫いていた。

悠真は水嶋とそう面識はない。藤堂チームに配属後、何度か皆と店を訪れたときに挨拶した程度である。その後、すぐにアメリカに留学してしまったため、他のメンバーのように水嶋に対する思い入れが深いとはとてもいえない。それだけに、そんな自分が軽々しい言葉を口にすれば百合は不快に思うだけではないか。悠真はそう判断し、口を閉ざしていたのだった。

皆、水嶋の裏切りに落ち込んでいた。水嶋が藤堂のためを思い、裏切ったのだということは勿論わかっていたものの、尊敬する先輩の不正めいた行為に打ちのめされている様子だった。

その上、水嶋は店を閉め東京を離れるという。もう会えなくなる、そのことが百合をはじめ、藤堂チーム皆を酷く落ち込ませていた。

自分だけがその気持ちに同調できない寂しさもあったが、どちらかというと悠真の胸にあるのは『申し訳ない』と思う気持ちだった。

百合はおそらく、その気持ちを共有できる人と過ごしたかっただろうに、僕なんかで本当にすみません。心の中で呟き、百合に気づかれぬよう溜め息を漏らした悠真は、不意にその百合から声をかけられ、はっとしていつしか伏せていた顔を上げた。

「悠真、フォーク、止まってるぞ。ちゃんと食っておけよ？　明日からまた大切な任務なんだから」

笑いながら注意を促してくる百合は、いつもと同じように見えた。が、悠真の目にはどうしても無理をしているようにしか見えなかった。

「水嶋さん直伝のボロネーゼだ。不味《まず》いとは言わせないぞ」

「美味《おい》しいよ！　美味しいけど……」

不意に水嶋の名を出され、動揺した悠真は思わず大きな声を上げてしまった。

「……あ……」

目の前で百合に苦笑され、自分が今までいかに不自然な態度をとっていたかに気づかされる。

「なあ、悠真」

百合が微笑みながら悠真の目を覗き込むようにして話しかけてきた。

「そんなに気を遣うなよ。俺たち、そういう仲じゃないだろう?」

「……ごめんなさい……」

『そういう仲じゃない』――その言葉が百合の優しさであることは、勿論悠真もわかっていた。

気を遣い合う、そんな仲じゃないのだから、百合はそう言いたかったのだろう。それもわかっているのだが、百合の意図とはまったく違う意味を彼の言葉から読みとってしまう自分が嫌になる。

水嶋喪失の悲しみややりきれなさを、共に分かち合えるような仲じゃない――それが悲しい。

またも溜め息を漏らしそうになり、馬鹿じゃないか、と自己嫌悪に陥る。いつしか一人落ち込んでいた悠真は百合に呼びかけられ、はっと我に返った。

「悠真、謝るなよ」

「あ……ごめんなさい」

謝るなと言われたのに、自分の不甲斐《ふがい》なさが申し訳なく、つい謝ってしまう。そんな悠真の前で百合は苦笑すると、

「さあ、食べよう」

話を打ち切るようにそう告げ、フォークを動かし始めた。

「食べ終わったらさ、一緒に風呂《ふろ》、入らないか？」

食事を続けながら百合が、いきなりそう言い出す。

「ええっ」

そんなこと、今まで言われたことがなかったし、実際共に風呂に入ったこともなかった悠真は驚き、持っていたフォークを取り落としてしまった。

「うわっ」

ソースがはね、頬にかかる。

「おいおい、服、大丈夫か？」

そこまで悠真を動揺させることを言った百合は涼しい顔で、呆れたように声をかけてきた。

「だ、だ、だって……っ」

自分が真っ赤な顔をしているのがわかる。が、にやにや笑う百合の顔を見ているうちに悠真は、彼にからかわれたと察した。

「……悪趣味……」

そして意地悪、と百合を睨む。

「悪趣味？　一緒に風呂に入るのがか？」

心外だといわんばかりに百合が目を見開いてみせる。

「からかうのが悪趣味なんです」

ソッチじゃない、と訂正を入れた悠真は同時に、百合の『風呂に入る』が本気だということに気づいた。

「……え?」

「からかってないぞ。メシのあと、一緒に風呂に入ろうぜ」

百合がニッと笑ってそう告げ、パスタを巻き取る動きを速める。

「え? ええ?」

本気なのか、と察したと同時に、悠真の頭にカッと血が上った。頰がますます赤くなっていくのがわかり、恥ずかしさからつい悠真は、頰に飛んだトマトソースを拭うふりをしながら両手で顔を覆う。

「早く食べちゃおうぜ。明日のためにきっちり睡眠とって、体力蓄えなきゃならないからな」

言葉どおり、ものすごい勢いでパスタとチキンを平らげながら百合が悠真に笑いかける。

「う……うん……」

真っ赤な顔で頷く悠真はそのとき、自分が囚われていた自己嫌悪からすっかり抜け出していることにまだ気づいてはいなかった。

「祐一郎様、そろそろ帰宅いたしませんか？」

百合と悠真、それに姫宮と星野がすでに家でくつろいでいる午後八時頃、まだ職場にいた藤堂は篠に声をかけられ、もうそんな時間か、と時計を見やった。

「そうだな」

頷き、パソコンの電源を落とす。離席の際にモバイルパソコンは机の引き出しに入れ施錠することが義務づけられている。藤堂がそれを忘れるはずはなく引き出しに仕舞い施錠すると、すでにその作業を終えていた篠に声をかけた。

「帰るか」

「車を回して参ります」

篠が立ち上がり部屋を出ようとする。

「諒介」

藤堂も立ち上がり篠の背を呼び止めた。

「はい」

「……申し訳なかった」

振り返った篠に向かい、藤堂が深く頭を下げる。

「祐一郎様？」

いきなりの謝罪に篠はらしくなく驚きを露わにし、藤堂に駆け寄った。

「頭をお上げください。私に謝罪なさる必要などありません」

「ある……私はお前に隠し事をしていた」

いまだ頭を下げたまま藤堂が謝罪の言葉を続ける。篠はうろたえた顔をしつつも、藤堂に顔を上げさせようと彼の上腕を掴み顔を覗き込んだ。

「祐一郎様、隠し事というのは上層部との確執のことですか」

「……そうだ」

頷き、藤堂はゆっくりと顔を上げ自身を真っ直ぐに見つめていた篠と視線を合わせた。

「打ち明けようかと随分悩んだ……だが、言うことはできなかった」

「祐一郎様と私は立場が違います。ですから謝ってくださる必要などありません」

「諒介……」

藤堂が篠の名を呼んだまま絶句する。

「祐一郎様は私をはじめ、部下たちを守ろうとなさっていた。皆も——勿論私もわかっております」

ですから謝る必要などないのです、と微笑む篠に対し、藤堂はゆっくりと首を横に振った。

「お前は私の『部下』というだけの存在ではない」

「祐一郎様……」

藤堂の意図を汲《く》み、篠はにっこりと微笑むと、両手を伸ばし藤堂の頬を包んだ。

「私は少しも——実際、微塵も気にしておりません。祐一郎様のなさること、すべてが私にとっても正しいことなのですから」

「諒介……」

藤堂の手がすっと上がり、自身の頬を包む篠の手をぎゅっと握り締める。

「何があろうが、私はあなたの影です」

篠が目を細めて微笑み、告げた言葉を聞く藤堂の胸に熱いものが込み上げてくる。

「私の望みはただ一つ——あなたの影で居続けることです」

「当たり前だ」

篠の言葉が終わるより前に藤堂はそう告げると、いっそう強い力で篠の手をぎゅっと握り締めたのだった。


帰宅途中で藤堂は篠を誘い、ファミリーレストランで夕食をとった。

藤堂がファミレスを選んだ理由は、店を閉め東京を離れるという水嶋が経営していた店と対極にあるタイプのレストランを選んだ結果だった。

藤堂も篠も、パスタを選んだ。偶然注文が重なったのだが、それを食する二人の意識はおそらく、共通のものと藤堂は察することができていた。

食事を終え、帰宅すると藤堂は篠を自室へと誘った。

「祐一郎様」

室内で二人になった瞬間、篠はそれまでの遠慮深い『影』としての素振りを捨て去り、積極的に藤堂を抱き締めてきた。

「諒介……」

「明日の任務には、差し支えないようにいたしますので」

そう告げた篠が藤堂を抱き上げベッドへと向かう。そっとシーツの上に落とされた藤堂は篠を見上げ問いかけた。

「……私はまだシャワーを浴びていない。気にならないか？」

「今宵は祐一郎様の匂《にお》いを、強く感じとうございます」

篠はにっこりと微笑みそう告げたかと思うと、藤堂に覆い被さり唇を塞いできた。

「ん……」

濃厚なキスに、早くも藤堂はのめり込みそうになりながらも、募る罪悪感から篠の背をぐっと抱き寄せてしまっていた。

「……祐一郎様……」

キスを中断し、篠が藤堂を見下ろしてくる。

「……ん……？」

焦点が合わないほど近いところにある篠の瞳を見上げ、問い返すと、篠は微笑みながら再び唇を近づけてきた。

「気になさることはありません。私はあなたが何をしようが、どう変わろうが、生涯あなたの傍におりますので」

「……諒介……」

その言葉を聞いた瞬間、藤堂の胸が詰まり瞳には涙が込み上げてきた。

「私は幸せです。あなたに気持ちを伝えることができた」

篠が、言葉どおり、しみじみと幸せを噛み締めるような口調でそう言い、藤堂の唇に唇を落とす。

ちゅ、ちゅ、と触れるようなキスを繰り返す彼の脳裏にはおそらく、身分の差ゆえ想《おも》いを打ち明けることができず死んでいったサーリフの姿が浮かんでいるのだろうと藤堂は察し、手を伸ばして篠の頭を引き寄せると自ら深くくちづけていった。

「……っ」

篠は少し驚いたように目を見開いたが、すぐにその目を細めて微笑むと、藤堂が彼の口内に挿し入れた舌に己の舌をきつく絡ませてきた。

「ん……っ」

濃厚なキスに鼓動が上がり、身体の奥に熱がこもってくる。

篠もまた、自分との身分の差を思い悩んでいた時期があることは、藤堂も気づいていた。身分差など、日本国内では存在しない。とはいえ代々使用人であった篠にしてみれば、主の家に生まれた自分との『差』を感じてしまうのはある意味仕方のない話だろう。

藤堂は篠に対し身分の差を感じたことはない。が、それはいわば『上』の立場にいるからであり、篠と立場が逆転していればやはり、差を感じるのではないかと思う。

サーリフに己を重ねる、その気持ちはわかる。が、篠はサーリフではないし、自分も王子ではない。

想いが通じ合ったことは幸運ではあるが、それは『身分差』という障害があったからではなく、気持ちをぶつけ合う勇気を互いに持てたからだ。

篠の背を抱き締め、くちづけをかわしながら藤堂はその思いを伝えようと薄く目を開く。

篠もまた薄く目を開き、藤堂を見下ろしていた。

互いの目が合った瞬間、言わずともすでに篠の思いは己と同じだと察した藤堂は安堵の息を吐くと、更なる行為に進むべく篠を抱き締める手を解き、彼のネクタイを外そうとした。

篠もまた藤堂にくちづけながら、藤堂のネクタイを外し始める。

互いに服を脱がせ合うのも楽しく、興奮を煽られるものの、今は少しも早く抱き合いたい、と藤堂が篠を見上げる。

今回もまた、何も言わずとも二人の思いは共通のものであったようで、ほぼ同時にキスを中断し、互いに身体を起こした。

無言のまま服を脱ぐ時間はほんのわずかで、あっという間に全裸になった二人はそのままもつれ合うようにしてベッドに倒れ込み、激しいくちづけを再開する。

「……ん……っ……んふ……っ」

貪《むさぼ》るようなキスを続けながら篠が藤堂の胸を弄《まさぐ》る。掌で乳首を擦り上げられる刺激に、藤堂の唇から甘い吐息が漏れたが、すぐに勃ち上がったそれをきゅっと抓《つね》られると、吐息は喘ぎに変わり、欲情が急速に煽られていった。

「あっ……あぁ……っ」

喘ぎながら藤堂は、今更のように部屋の灯りがついたままであることに気づいた。

いつもは羞恥からベッドサイドのスタンドの小さな灯りのみを許しているが、今日は互いに気が急いてしまっていたため消し忘れていたようだ。

篠の愛撫に乱れる己の痴態を恥じ、灯りを消してほしいと頼もうと藤堂が篠を見上げる。が、篠はそれがわかっているのか、藤堂と目を合わせようとはせず、唇を首筋から胸へと這わせ片方の乳首を舐り始めた。

「……諒介……っ」

髪を掴み、顔を上げさせようとする。が、常に従順な篠は決して顔を上げようとせず、藤堂の乳首をコリッと噛んで寄越した。

「やぁ……っ」

同時にもう片方の乳首をきゅっと摘まみ上げられた藤堂の口から高い声が漏れ、身体がびくっと震える。なんという声を、と慌てて唇を手で覆った藤堂は、またも篠に乳首を噛まれ、再度、

「あっ」

と高い声を漏らしてしまった。

本気で噛んでいるわけではないので、痛みはさほどない。あるのは痺《しび》れるような快感のみだった。

「諒介……っ……灯りを……っ」

全身の血が沸き立つようにして勢いよく血管を流れ、あっという間に熱した肌の表面がうっすらと汗で覆われる。堪えようとしても腰は捩れ、唇からは高い声が漏れそうになるのが恥ずかしく、藤堂は篠の髪を再び掴み、灯りを消してほしいと伝えた。

気づいているだろうに篠はやはり顔を上げようとせず、唇で、舌で、そして歯を立てて執《しつ》

拗《よう》に藤堂の乳首を攻め立てる。

「……あっ……あぁ……っ……あっ……あっ……」

ふと見下ろすと篠に摘まれた己の乳首はすでに紅色に染まっていた。その紅色の突起を引っ張るようにして抓り上げられ、もう片方をまた強く噛まれる。

「やぁ……っ」

今度ははっきりと痛みを覚えたものの、強い刺激が与えるのは苦痛ではなく、更なる快感だった。どくん、と雄が大きく脈打ち、先端には先走りの液が盛り上がっているのがわかる。

性器に触れられているわけでもないのに、このままでは胸だけで達してしまうかもしれない。経験したことのない身体の反応に藤堂は狼狽《ろうばい》し、思わず篠の髪をまた摑んでいた。

「祐一郎様？」

灯りを消してほしいと頼もうとしたときには、決して上げられることのなかった顔を上げ、篠が問いかけてくる。

彼の唇が唾液《だえき》に濡れて光っていた。口元にある己の乳首も、乳輪も篠の唾液にまみれ、天井の灯りを受けて輝いて見える。

赤すぎるほど赤いその色は、藤堂の興奮を煽り、先走りの液が滴るのがわかった。

「どうなさいました？」

腰を引いて射精を堪えたため、言葉を発するのが遅れた藤堂に、篠が心配そうに問いかけてくる。

「……胸は……もういい……」

何をどう、伝えればいいのか、自分でもよくわかっていなかった藤堂だが、言いたいことはそれだけで篠には通じたらしかった。

「かしこまりました」

にっこり、と綺麗な黒い瞳を細めて微笑むと、身体を起こし藤堂の両脚を抱え上げる。片手で腿を押さえ込みながら、もう片方の手を自身の口元へ持っていき、指を咥えて唾液で湿らすと、その指を露わにした藤堂の後孔につぷ、と挿入させてきた。

「……っ」

いつものことながら、身体が強張ってしまうことに、藤堂は申し訳なさを覚え篠を見上げた。

決して拒絶しているわけではない。自分も一つになりたいのだ。それをどうかわかってほしい。

それをわかってもらうためには、と藤堂は息を吐き出し、身体から力を抜こうとした。

「………」

篠がそんな藤堂を見下ろし、わかっていますよ、というように微笑むと、中に挿れた指をゆっくりと動かし始める。

「ん……っ」

じんわりとした快感が腰のあたりから背筋を這い上ってくるのがわかった。篠の指が正確に前立腺を見つけ出し、そこを刺激してくれている。自然と身体の強張りが解け、今まで以上の鼓動の速まりと、こもる熱の温度を持て余し、藤堂はもう大丈夫だ、と篠を見上げた。

篠も藤堂を見下ろす。

「……………挿れて……くれ」

羞恥心の強い藤堂ではあったが、篠がこうした言葉に安堵することがわかってからは、躊躇いを覚えつつも口にするようになった。

安堵すると同時に、篠は藤堂が閨で自分の希望を口にすると本当に嬉しそうな顔になる。それを見たいという思いもあり、今宵も藤堂はそう告げたのだが、彼の望みどおり篠はそれは嬉しそうに微笑むと、指を引き抜き藤堂の両脚を抱え直した。

「挿れますよ」

すでに篠の雄は勃ちきっていた。涼しげな顔からはとても想像できるものではない、と藤堂は思わず笑いそうになったが、そんな余裕は、ずぶ、と逞《たくま》しい雄が挿入されるとすぐに失われていった。

ずぶずぶと篠の雄が藤堂の中に挿ってくる。かさの張った部位で内壁を擦られる刺激だけで快感に喘いだ藤堂だったが、すぐに始まった力強い突き上げに、一気に快楽の階段を駆け上ることとなった。

「あっ……あぁ……っ……あっあっあっ」

互いの下肢がぶつかり合うときに、パンパンと高い音が響きわたるほどの勢いある突き上げに、藤堂の意識は早くも朦朧とし、常に堪えている声を高く上げてしまっていた。

接合した部分も、吐く息も、脳まで沸騰しているかのように熱く、その熱を放出しないとおかしくなりそうである。

強すぎる快感は恐怖めいた気持ちを芽生えさせる。今宵も例外ではなく藤堂は己の臆病さを恥じつつもこれと説明できない恐怖から、救いを求め篠の背にしがみついた。

「…………」

気づいた篠が、少し困ったように微笑み、頷いてみせる。

怖くなどない、乱れに乱れた姿を見せてほしい——実は篠はそう考えているのだがその思いは篠が口にしないがゆえに藤堂に通じることはない。

篠がもう少し自分勝手な男であったら己の希望を通すのだろうが、心優しい彼がそうすることはなかった。

力強い律動を続けながら、篠が藤堂の片脚を離し、二人の腹の間で勃ちきり先走りの液にまみれていた藤堂の雄を握り一気に扱き上げる。

「アーッ」

昂《たか》まりまくったところへの直接的な刺激には耐えられるわけもなく、藤堂はすぐに達し、白濁した液を篠の手の中に吐き出した。

「……っ」

射精を受け、己の後ろが激しく収縮するのがわかる。奥深いところを抉っていた篠の雄の質感をますます強く感じた直後、ずしりとした精液の重さを中に感じ、満たされた思いを胸に、ああ、と深く息を吐き出した。

「祐一郎様……」

達したあと、篠は常に藤堂の名を呼び、愛の言葉を囁いてくれる。

「愛しています」

「私も……愛している」

この世の誰よりも。彼こそが自分の命だ。それは篠も同じに違いない。愛する人に愛される。それをこうして抱き合うことで確かめ合える。こんな幸福なことがあるだろうか。そう思いながら藤堂は篠の背を両手両脚で抱き締め微笑みかける。

「私は……幸せです」

同じことを考えていたと思しき篠が、微笑みながらそう告げ、唇を落としてくる。

「……私もだ」

頷き、キスを受け止める藤堂の胸は今、言葉以上の幸福な思いで満たされていた。

「……やっぱり……恥ずかしい……かも」

「どうして?」

今、悠真と百合は、夕食時の百合の誘いどおり、バスタブに共に浸かっていた。

後ろから悠真を抱き込むようにしている百合が、恥ずかしがる悠真の顔を覗き込む。

「だって……」

バスルームは当然ながら明るい。百合の鍛え上げられた逞しい肉体と比べると、自分がいかに貧弱な身体をしているかを思い知らされることも恥ずかしかったが、それ以上に悠真が恥じているのは、二人して湯船に浸かっているというこの状況に自分が性的興奮を抱いていると気づかれることだった。

男の身体は正直で、目に見えて興奮がわかってしまう。勃起《ぼっき》しかけた雄を両手で覆って隠そうとすると、後ろから伸びてきた百合の手にそれを阻まれてしまった。

「俺なんかもう、こんなだぞ?」

手首を摑まれ、百合の雄へと導かれる。

「……わ……」

思わず声を漏らしてしまったのは、百合の雄がすでに屹立《きつりつ》していたためだった。

「なあ」

背後から耳元に囁きながら、百合が悠真の胸を弄り始める。

「……ん……っ」

両方の乳首を摘まれ、びく、と身体を震わせた悠真の耳に、百合の甘い声が響く。

「中で挿れても、いいだろ?」

「……お湯が……っ」

汚れてしまう、と悠真が振り返ろうとしたとき、百合の指がきゅうっと悠真の乳首を抓った。

「あ……ん……っ」

たまらず喘ぎ、身体を捩った弾みに腰が浮く。すかさずそこに百合の右手が伸びてきて、悠真の尻《しり》をぎゅっと摑んだ。

中指が悠真の後孔につぷ、と挿る。指はそのまま、ぐぐっと奥まで挿ってきた。

「やだ……っ」

またも腰を捩った悠真の口から拒絶の言葉が漏れたが、本気で嫌がっているわけではないことはその表情からも、もどかしげに捩れた腰の動きからもよくわかった。

百合の指が蠢き、悠真の中を乱暴なほどの強さでかき回す。湯が中に入る、不快なような、そうでもないような不思議な感覚は悠真の快感を煽り、湯の中で彼は身悶え、高く声を漏らした。

「あ……っ……やだ……っ……あっ……あっ……」

浴室ゆえ、反響する声が頭の上から降ってくる。エコーのかかったその声は自分のものではないようで、ますます興奮を煽られながら悠真は百合の逞しい胸に身体を預け喘ぎまくった。

百合の指が後ろから抜かれ、彼の手が悠真の両腿を摑んで脚を大きく開かせる。湯の中で大股《おおまた》開きの格好をとらされ、悠真は今更、自分がとても恥ずかしいことをしていると気づき、顔を赤らめた。

ゆらゆらと揺れる湯面の下、勃ちきった自分の雄が見えるのがまた恥ずかしい。それで手で覆うと、くす、と百合に笑われ、ますます羞恥が煽られた。

不格好な姿のまま身体を持ち上げられる。後ろに百合の雄を感じた次の瞬間、ゆっくりと身体を下ろされた。

「んん……っ」

百合の上に座らされ、自身の中に百合の逞しい雄が埋め込まれていくのを感じる。確かな質感は悠真を物理的に満たすと同時に、彼の心をも確かな愛情で満たしていった。

「……いっぱい……」

その思いが悠真の口から言葉になって零れ落ちる。いっぱい、満たしてくれてありがとう。そう言いたかったのだが、すでに朦朧としている意識の下、一文を綴《つづ》ることは不可能だった。

だが一言であっても百合には悠真の感じている充足が伝わったようだ。

「もっともっと、いっぱいにしてやる」

笑顔でそう囁いたと思うと、ゆっくりと悠真の身体をまた持ち上げた。再び下ろすのと同じタイミングで腰を突き出し、悠真の中を深く抉る。

「あっ」

悠真が喘ぎ、身を捩る、それを両脚を抱えた手に力を込めて制しながら、百合は次第に突き上げのスピードを上げてきた。

浮力が働くせいで、奥深いところを抉られているのに、いつもの快感が得られない。もどかしさが悠真の身体を動かし、気づけば自ら腰を突き出していた。

「ああ、そうだよな」

百合が呟くようにそう言ったかと思うと、悠真の腹を抱え、繋がったまま湯船の中で立ち上がる。

「やぁ……っ」

いきなり戻った重力は、通常以上に悠真の身体に影響を与えていた。

百合が後ろから手を伸ばし、悠真の両手をバスタブの縁につかせると、勢いよく突き上げ始める。

「あっ……あぁ……っ……あっあっあーっ」

今までもどかしかった分、得られる快感は増幅されていた。内臓がせり上がるほど奥深いところを抉られる刺激に、悠真は早くも絶頂に達し、高く喘ぎ続ける。

「いい……っ……いいです……っ……あぁ……っ……ああ……っ……あーっ」

もう我慢できない、と悠真は無意識のうちにバスタブの縁を摑んでいた左手を己の雄へと向かわせていた。

それより一瞬早く百合が悠真の雄を摑み、一気に扱き上げる。

「やぁ……っ」

その瞬間悠真は達し、高く声を上げながら白濁した液を撒《ま》き散らしていた。

「く……っ」

百合もまた同時に達したようで抑えた声が耳元で響く。

「…………」

その声に誘われ後ろを向くと、ちょうど顔を覗き込もうとしていた百合と目が合った。

「悠真……」

名を呼び、唇を寄せてくる百合に、苦しい体勢ながら悠真は更に後ろを向き、唇を合わせる。

温かな唇の感触を得た途端、なぜか泣きたい気持ちになった。

幸福がすぎると泣きたくなるんだな——そんな思いを味わわせてくれる百合への愛しさを募らせながら、悠真は百合の唇を貪り、胸を満たす幸福感をこの上なく得がたいものに感じていた。


「早く食べろとは言ったけど……」

姫宮が呆れた声を上げたのは、食事開始後五分で星野がすべて平らげたためだった。

「早すぎよ」

「え？　そうか？」

気が急いたことは否定しない。だが早く食べろと言ったのはそっちじゃないか、と星野が恨みがましい目を姫宮に向ける。

「なによ」

姫宮はじろり、と睨み返したものの、星野が言葉を発するより前に、

「シャワーでも浴びてきたら？」

と行為を匂わす言葉を発した。

「あ、うん」

姫宮と星野の関係は対等ではあるのだが、表面上は姫宮が主導権を握っているように見える。が、実際は姫宮が常に星野を立てていた。

同居しているマンションが姫宮所有のものであるため、遠慮を感じていた星野は、家賃を納めたいと姫宮に申し出た。

自分も父から貰ったものなのだから、その必要はないと思いながらも、家賃を払うことで星野の遠慮が紛れるなら、と姫宮は彼から月五万円の家賃を受け取ることにしたのだった。価格設定が低すぎたのか、星野の遠慮は消えることはなかった。が、姫宮はあえてそのことに気づかないふりを貫いていた。気を遣えば倍、星野に気を遣われるということがわかっていたためである。

結婚という制度が男同士でも認められればいいのに、と思いながら姫宮は星野がシャワーを浴び終えるまでに洗いものまで済ませておこうと、食事をかっ込み始めた。

戸籍上の夫婦となり、このマンションの所有権を共有するようになれば星野の遠慮もなくなるだろうと思うがゆえの願望だったが、それがかなわぬ願いであることは当然ながら理解していた。

まあ、時間が解決してくれるでしょう。そう独りごち、食事を終えると姫宮は、自分の食器をキッチンに運び星野の食器と共に軽くすすいで食洗機にセットしたのだった。

入浴を終えた星野を姫宮は寝室で迎えた。

「あたしがシャワー浴びるまで待ってる？　それとも」

待ちきれないか、と聞くより前に星野に唇を塞がれた姫宮は、聞くまでもなかったわと星野の裸の背をしっかりと抱き締めた。

そのままベッドに倒れ込み、尚も激しくくちづけ続ける。すでに裸で腰にバスタオルを巻いただけの星野に比べ、服を身につけたままの姫宮は自らネクタイを解き、シャツのボタンを外し始めた。

星野も姫宮の脱衣に手を貸し、スラックスを脱がせ、下着も脱がせる。あっという間に全裸になった姫宮は手を伸ばして星野の腰からバスタオルを剝ぎ取ると、すでに勃起しつつあった彼の雄を握り締めた。

「姫……っ」

姫宮の手の中で見る見るうちに星野の雄が熱と硬さを増していく。

「たまには奉仕させなさいよ」

いつもしてもらうばかりであることを、実は姫宮は気にしていた。それで今、星野の快楽を煽ろうと彼の雄を握り締めたのだったが、なぜか星野は姫宮の手を振り解き、やれやれ、というように溜め息をついてみせた。

「なによ」

振り解くことはないんじゃない？　と姫宮が星野を見上げる。

「姫に握られただけでいっちゃうよ」

星野が恥ずかしそうにそう告げ、逆に姫宮の雄を握り締める。

「あたしだっていっちゃうわよ」

軽口で応酬しながらも、そこまでの余裕がなかった姫宮は、両手両脚で星野の背を抱き締め、耳元に囁きかけた。

「一緒にいきましょ」

「お、おう」

星野が答える声が掠れる。姫宮の手の中で星野の雄はびくびくと震え、彼の言葉どおり今にも達しそうになっていた。

星野が背中に手を回し、姫宮の両脚を解かせたあと、彼をうつ伏せにする。腹に手を回し腰を上げさせると両手で尻を掴んで押し広げ、蕾を露わにした。

ずぶり、と星野の指がそこに挿入される。肩越しに振り返ればその様子も見えたかもしれないが、姫宮は『見えない』ほうを選んだ。

星野の指が中で蠢き、姫宮の前立腺を攻め立てる。高く上げさせられた腰を振り、姫宮は自身の得ている快感をあますところなく星野に伝えようとした。

「や……っ……あっ……やん……っ」

腰を振り、悩ましく喘ぐ姫宮の耳に、はあはあという星野の息遣いの荒さが響いてくる。

彼もまた快楽を得ていることが嬉しく、姫宮は更に高く喘ぎながら腰を突き出し、共に絶頂を迎えようと星野を誘った。

星野は姫宮の思いをきっちりと受け止めると、指を引き抜き、代わりに勃ちきっていた彼の雄を姫宮の後ろに押し当ててきた。

ずぶ、と先端が姫宮の中に挿ってくる。

「あ……っ」

欲情と、そして気持ちを満たすその質感に、姫宮の口から悦《よろこ》びの声が思わず漏れた。

「……姫……っ」

感極まった声を上げながら、星野が腰を進める。もっとも奥深いところまで彼の雄で満たされ、ああ、と満足げに息を吐いた次の瞬間、激しい突き上げが始まり、姫宮は高く喘ぎ始めた。

「あぁ……っ……あっ……あっあっあーっ」

奥深いところをリズミカルに抉られ、失墜しそうなほどの快感に捕らわれる。

身体だけではこうも感じはしない。気持ちが通じ合っているからこそ、すぐにも達してしまうほどの大きな快楽を得られるのだ。

自分に男に抱かれる日が来ようとは想像したこともなかった。男が男に抱かれるのはやはり抵抗があるというのは、男性として当然の感覚であると姫宮は思っていた。

だが、その『当然の感覚』も、星野が相手となると話は別となった。

星野と共に快楽の極みを味わいたい。その願望の前には、男としての建前など、一気に霧消していった。

抱かれることによって得られる快感は、同時に星野の得ている快感と共通しているものである。その事実が嬉しくて仕方がなかった。

今もまた星野と快楽を共にしている。その悦びが姫宮の快感を増幅させ、喘ぐ声が更に高くなる。

「あぁ……っ……もう……っ……もう……っ……もうっあーっ」

我慢できない、と激しく首を横に振る。限界が近いことを察してくれたらしい星野の手が前に回り、姫宮の雄を握り締めた。

「あーっ」

一気に扱き上げられ、直接的な刺激に耐えられずに姫宮が達する。

「……おぅ……っ」

ほぼ同時に星野も達したようで、高く声を上げると、姫宮の背に身体を預けてきた。

息を乱す星野の胸が背に当たり、汗ばんだその感触が姫宮にこの上ない幸福感を与えていく。

「……すごく……よかったわよ……」

偽らざる言葉が姫宮の唇から吐息と共に漏れた。

「俺も……最高によかった……」

星野もまた感極まったようにそう告げ、姫宮の身体をぎゅっと抱き締める。

「……好きよ、ランボー」

「俺も好きだ。愛してる」

胸に溢れる思いを互いに告げ合い、幸福感を分かち合う。

その時間を得られることのなかった悲しい男の死を悼みながら、星野も、そして姫宮も乱れる息もそのままに互いに手を握り合い、行為の余韻に浸ったのだった。


帰国後、マジード王子より、藤堂チームの功績を讃《たた》えたいとのことで、勲章授与の申し出があった。

それは日本のメディアでもこぞって取り上げられ、藤堂チーム全員で近く中東のB国を訪れる予定にしている。

SPは顔を晒さないというのが大前提であるゆえ、写真は公開されないものの、日本のS

Pが世界の要人に認められたというこのニュースは、藤堂の名を国内外問わず広く知らしめ、SPの地位が向上したとして日本政府からも奨励の言葉が贈られた。

すべてが順風満帆ではあるが、それに甘んじないのが藤堂たる所以《ゆえん》で、更なる向上を目指し、チーム一丸となった訓練を続けている。

VIP中のVIPの来日の際、警護を担当するのは藤堂チームであるという不文律はこの先当分続きそうである。

彼らを精鋭中の精鋭たらしめているのは、バディシステムをとるチームの、バディ同士の精神的な繋がりであるということはチームの皆の誇りであり、その誇りと、そしてバディを思う愛情が、今後も彼らのナンバーワンの地位を確固たるものにしていくに違いなかった。

涼やかな風に包まれ君を想う

CHARADE BUNKO

「殿下、このたびはお招きくださりありがとうございます」

とても石油に潤う砂漠の国とは思えぬ緑溢《あふ》れる湖の畔《ほとり》で、ダークスーツに身を包んだ警視庁警備部長、藤堂祐一郎《とうどうゆういちろう》とその部下らは、褒賞のために彼らを招いてくれたB国の第一王子、マジードに向かい深く頭を下げた。

「祐一郎、式典は明日で今はプライベートだ。名を呼んでくれ」

白いアラブ服に身を包んだ美貌《びぼう》の王子が藤堂に向かい口を尖《とが》らせてみせる。

「……マジード、ここは？」

空港に到着して早々、王子の手配で藤堂らは王宮にほど近いこの『緑の園』ともいうべき場所に連れてこられた。

湖を見下ろす高台へとなんの説明もなく向かおうとする王子の背に、藤堂が呼びかける。

「今から二十数年前になるか。日本企業に淡水プラントを発注し、ここを造らせた」

答えになっているようでなっていない言葉を返し、王子が先を急ぐ。

「………」

なるほど、淡水プラントがあるからこそ、こうも木々が育ち、木陰で涼をとれるのか、と納得はしたものの、王子がこの場に自分たちを連れてきた理由が今一つわからない。

藤堂はすぐ後ろを歩く彼の『影』である篠《しの》とこっそり目を見交わした。その後ろでは、百合《ゆり》と悠真《ゆうま》が、そして姫宮《ひめみや》と星野《ほしの》が、やはり訝《いぶか》しそうに顔を見合わせている。来訪にあたり、B国についての知識は頭に入れてきていた。が、観光名所にも、または国公立、私立の公園としても、このような場所はなかったはずだが、と藤堂が首を傾《かし》げたそのとき、

「着いた」

目的地に到着したらしく、王子が明るい声を上げ藤堂ら一行を振り返った。

「……あ……」

王子の背後にあるものを見て、藤堂が小さく声を漏らす。

そこにあるのは――墓石だった。

「一番右に私の祖父の――先々代国王の骨の一部が眠っている。その隣が祖父の第一夫人の墓だ。二十数年前、祖父は亡くなる前に、第一夫人の故郷である日本のような、緑豊かな土地で眠りたいと言っていたそうだ。その願いを父はかなえようとし、淡水プラントを建設した。王の墓は埋葬する場所が決められているゆえ、骨と化したあとにここに一部を納めたのだったが、祖父もきっと満足しているだろう」

「一番左はもしや……」

木陰があるためであろう、爽《さわ》やかな風が吹き抜ける中、藤堂が答えを予測し王子に問いか

ける。

王子はにっこりと藤堂に向かい微笑《ほほえ》むと、

「そうだ。『彼』の墓だ」

と頷《うなず》いた。

彼――表向きは王子を守り死んでいったとされている王子の乳兄弟《ちきょうだい》にして親友でもあった最も信頼の厚い臣下、サーリフの墓を、藤堂ら一同は深い感慨を胸に見つめていた。王子もまた白い、そして荘厳な雰囲気漂う立派な墓標へと視線を向ける。

「この丘は幼い頃、我々の遊び場所だった。サーリフはよく言っていた。自分もこの丘に眠りたいと。場所も気に入っていたが、『分骨』を彼は望んでいたのだ。私もまた、王家一族の墓に納められるが、祖父のようにここに骨の一部を埋めれば死んだあとも共にいられると思ったらしい。面白いであろう？　子供の考えることではあるまい。死んだあとのことを夢見るなど」

はは、と王子が力なく笑い、藤堂を見る。彼の瞳《ひとみ》が酷《ひど》く潤んでいることに気づいた藤堂は、なんと声をかけていいかと迷った上で一言、

「美しい、いい場所だと思います」

おそらく亡くなったサーリフも満足しているに違いない、その思いを込め、それだけ告げると頭を下げた。

「であろう？　私もこの場所が大好きだ。分骨どころか、すべての骨を埋めてもいいと思うほどにな」

そう告げた王子が、だが、と悪戯《いたずら》っぽく笑う。

「それは何十年も先の話だ。私は生きねばならない。『彼』の分まで」

「そうですね」

藤堂の相槌《あいづち》が風に乗って流れていく。王子は笑顔のまま頷くと、再び視線を墓へと戻した。

宗教上の作法はわからない。が、祈りは捧《ささ》げたいと思い、藤堂はその許可を得ようと口を開きかけた。と、王子が彼を振り返る。

「彼は――サーリフは、祐一郎、お前と諒介《りょうすけ》を、私と自分に重ねていた」

「……日本にはすでに主従関係は存在しませんが……」

打つべき相槌に迷い、そう告げた藤堂に、

「知っている」

と王子は苦笑すると、不意にまた悪戯っぽい顔になり尋ねてきた。

「二人は恋人同士ではないのか？」

「………」

ストレートな問いかけに、藤堂が一瞬答えに詰まる。すると、王子は、

「別に答えずともよい」

と笑い、視線をまた墓へと戻した。

「サーリフは羨《うらや》ましかったのだと思う。そう言いたかった」

それだけ告げ、また口を閉ざす。

暫《しば》しの沈黙が流れる。

このまま流してくれていい。ただ、サーリフの想《おも》いを知る人間と、彼の墓の前で語り合いたかっただけなのだ。

王子がそのつもりでいることは勿論《もちろん》、藤堂にもわかっていた。

だが傍らで、サーリフと自分を重ね俯《うつむ》く篠を前にしては問わずにいられず、思わず言葉を発していた。

「お好きだったのですか。彼を」

藤堂の問いを受け、王子の肩がびく、と一瞬震える。

「……どうだろう……」

背を向けたまま答える王子の声は酷く掠《かす》れていた。

聞いてはならないことを聞いてしまったのかもしれない。悔いる気持ちが藤堂に謝罪の言葉を告げさせようとしたのだが、それより前に王子が口を開いていた。

「……今となってはわからない。だが、彼が命を落とさずに済んだのであれば、一度くらい抱かれてもよかったとは思う」

振り返り、そう言った王子の片目の縁から、一筋の涙が零《こぼ》れ落ちた。

藤堂も、他《ほか》の皆も、言葉を失い黙り込む。

「ああ、いい風だ」

その涙があたかも風のせいであるかのような素振りをし、王子が両手を広げて涼風を受け止めている。

王子が受け止めているのは『風』ではなく、この風同様、常に王子の身を、その心を、心《ここ》地《ち》よさと幸福感を与えるべく包んでいたであろうサーリフの魂であったに違いない。

そう思いながら藤堂は、涙を堪《こら》えるように口元を引き締めながらも、同時に幸福そうに微笑んでいるようにも見える王子の姿を、彼と同じく涼やかな風に吹かれつつ見つめていた。

あとがき

はじめまして&こんにちは。愁堂れなです。

この度は十一冊目のシャレード文庫となりました『バディ―陥落―』をお手に取ってくださり、本当にどうもありがとうございました。

バディシリーズも四冊目です。勢揃いした藤堂チームの活躍を、皆様に少しでも楽しんでいただけましたらこれほど嬉しいことはありません。

明神翼先生、今回も本当に素晴らしいイラストをありがとうございました！　表紙に六人を描いていただけて大感激でした!!　このシリーズでは本当に数え切れないくらいの萌えと感動をいただきました。ご一緒させていただけて幸せでした！

また、担当のO様をはじめ、本書発行に携わってくださいましたすべての皆様に、この場をお借りいたしまして心より御礼申し上げます。今回は特に、デビュー十周年のサイン会を開催してくださったり、また、本シリーズの全員サービス小冊子をご企画くださったりと、お礼の申し上げようもありません。

そうなのです。実はこの十月でデビュー十周年を迎えるのでした。こんなにも長い間書き続けてこられましたのも、いつも応援してくださる皆様のおかげです。本当にどうもありがとうございます！

この先二十年、三十年を目指し精進していきたいと思っていますので、不束者ではありますが、何卒よろしくお願い申し上げます。

サイン会も、そして小冊子も、ご参加、そしてお申し込みくださいました皆様に、少しでも楽しんでいただけるよう、頑張りますね。

次のシャレード文庫様でのお仕事は、来年文庫を発行していただける予定です。こちらもよろしかったらどうぞお手に取ってみてくださいね。

また皆様にお目にかかれますことを切にお祈りしています。

平成二十四年十月吉日

愁堂れな

（公式サイト『シャインズ』http://www.r-shuhdoh.com/）

愁堂れな先生
作家デビュー10周年
おめでとうございます!!
警視庁警備部警護課
藤堂チーム一同

本作品は書き下ろしです

愁堂れな先生、明神翼先生へのお便り、
本作品に関するご意見、ご感想などは
〒101-8405
東京都千代田区三崎町2-18-11
二見書房　シャレード文庫
「バディ―陥落―」係まで。

CHARADE BUNKO

バディ―陥落《かんらく》―

【著者】愁堂《しゅうどう》れな

【発行所】株式会社二見書房
東京都千代田区三崎町2-18-11
電話　03(3515)2311［営業］
　　　03(3515)2314［編集］
振替　00170-4-2639
【印刷】株式会社堀内印刷所
【製本】ナショナル製本協同組合

落丁・乱丁本はお取り替えいたします。
定価は、カバーに表示してあります。

ISBN978-4-576-12138-3

http://charade.futami.co.jp/

『バディ』シリーズ小冊子
応募者全員サービス!!

『バディ』シリーズ完結を記念しまして、書き／描き下ろし小冊子応募者全員サービスを実施いたします。愁堂れな先生の番外編SSに加え、明神翼先生の漫画などお楽しみ企画盛りだくさん♥　どしどしご応募くださいませ☆

◆応募方法◆ 郵便局に備えつけの「払込取扱票」に、下記の必要事項をご記入の上、600円をお振込みください。

◎口座番号：00100-9-54728

◎加入者名：株式会社二見書房

◎金額：600円

◎通信欄：
バディ小冊子係
住所・氏名・電話番号

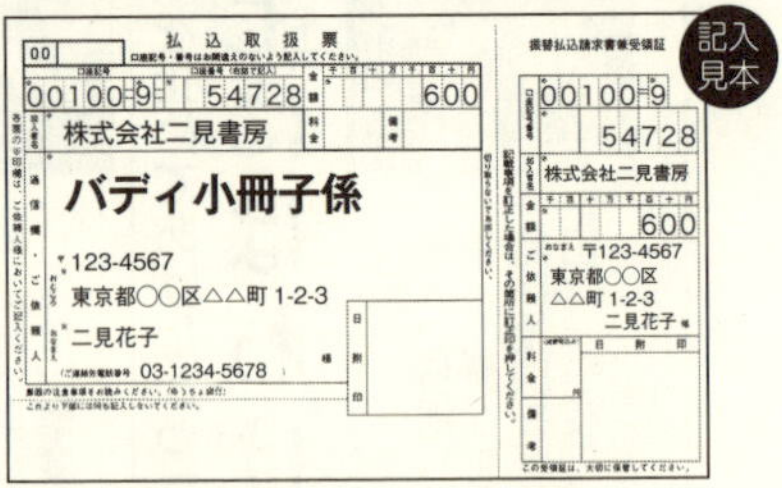

◆注意事項◆

●通信欄の「住所、氏名、電話番号」はお届け先になりますので、はっきりとご記入ください。

●通信欄に「バディ小冊子係」と明記されていないものは無効となります。ご注意ください。

●控えは小冊子到着まで保管してください。控えがない場合、お問い合わせにお答えできないことがあります。

●発送は日本国内に限らせていただきます。

●お申し込みはお一人様3口までとさせていただきます。

●2口の場合は1,200円を、3口の場合は1,800円をお振込みください。

●通帳から直接ご入金されますと住所（お届け先）が弊社へ通知されませんので、必ず払込取扱票を使用してください（払込取扱票を使用した通帳からのご入金については郵便局にてお問い合わせください）。

●記入漏れや振込み金額が足りない場合、商品をお送りすることはできません。また金額以上でも代金はご返却できません。

◆締め切り◆ **2013年1月31日（木）**

◆発送予定◆ **2013年4月末日以降**

◆お問い合わせ◆ 03-3515-2314　シャレード編集部